A casa das aranhas

(Trilogia do corpo)

Márcia Barbieri

A casa das aranhas

(Trilogia do corpo)

Editores
Marcelo Nocelli
Rennan Martens

Revisão
Daniel Lopes Guaccaluz

Ilustração
Ivan Sitta

Design e editoração eletrônica
Karina Tenório

Dados Internacionais de Catalogação na Publicação (CIP)

Barbieri, Márcia. –
A casa das aranhas: trilogia do corpo / Márcia Barbieri.; Ilustrações Ivan Sitta. – São Paulo: Reformatório/Selo Pinot Noir, 2019.
216 p.: 14 x 21 cm.

ISBN: 978-85-66887-63-1

1. Ficção brasileira. I. Sitta, Ivan.II. Título: trilogia do corpo.
B236c CDD: B869.3

Índice para catálogo sistemático:
1. Ficção brasileira

Editora Reformatório
www.reformatorio.com.br

NOTA DA AUTORA

Esta é uma obra de ficção, qualquer semelhança com a realidade não é mera coincidência. Dessa forma, espero que a realidade possa se retratar comigo e se colocar ao meu julgamento, pois é um despautério sem tamanho a realidade almejar imitar a ficção e ainda fazer o artista passar por um tolo retratista.

A solidão de que sempre precisei é ao
mesmo tempo inteiramente insuportável.

CLARICE LISPECTOR em *Cartas Perto do Coração*

SUMÁRIO 1 - VERSÃO PREFERIDA DO AUTOR

SUMÁRIO 2 - VERSÃO SUGERIDA POR UM AMIGO QUERIDO

SUMÁRIO 3 - VERSÃO SUGERIDA POR UM LEITOR INTROMETIDO

SUMÁRIO 4 - VERSÃO SUGERIDA POR UM DOS PERSONAGENS

PREFÁCIO

Há pouco tempo me deparei com uma discussão sobre a romantização da imagem do escritor. O escritor, na visão de quem idealiza, só pode agir de tal maneira, ter tais profissões, gostar de tais coisas. Se esconder atrás de uma persona, porém, não faz com que o escritor seja realmente um bom escritor. Pontuo isso para contar que conheci a encantadora Márcia Barbieri de uma forma extremamente simples, uma mulher modesta e serena, que na minha imaturidade à época nada tinha a ver com os autores que eu romantizava.

Mas foi abrir seu primeiro livro que me chegou pelos correios que mudou-se completamente a forma como passei a enxergar os autores contemporâneos e a literatura produzida por eles. Assim como eu, muitos creem que haverá uma guinada substancial quando os protagonistas do meio literário conhecerem Barbieri. Um pouco de Clarice, um pouco de Nin, um pouco de Woolf e um pouco de Hilst. Márcia traz em sua escrita algum tanto de cada uma dessas mulheres, e de tantas outras. A mulher está sempre no centro da escrita da autora, sempre como uma agente vital para uma revolução.

Último livro da Trilogia do Corpo, *A Casa das Aranhas* é onde o fluxo de consciência ganha um protagonismo intenso, aproximando-se muito de *Mosaico de Rancores* – título de sua autoria que não faz parte da tríade.

O corpo em *A Puta, O Enterro do Lobo Branco* e agora em *A Casa das Aranhas* aprecia os cinco devires definidos por Deleuze e Guattari, sendo eles o devir-mulher, o devir-minoritário, o devir-revolucionário, o devir-animal e o devir-imperceptível, se revezando entre os títulos, uns mais categóricos que outros. Nos três volumes, o corpo pode estar em constrição por negligência ou caracterizado por metáforas animalescas, mas também pode carregar a força da resistência da mulher, que é revolucionária... Assim como pode ser um corpo ausente. Com um currículo que passa pela Filosofia, a autora trabalha esses aspectos de forma poderosa.

O corpo nessa trilogia goza, desaparece, dá à luz, se vende, agoniza, arde, machuca, descansa, se fortalece, finda. Ele é cheio de possibilidades. No entanto, quando ele perde o fio da existência, ele é só ossos? Só unhas? Só vísceras? E Deus? Será que Deus tem corpo? Este volume final conta porque Márcia não é apenas uma prosadora, mas uma filósofa.

Jamyle Rkain

A licença poética utilizada no texto pela autora foi preservada nesta edição. Por esse motivo, é possível notar algumas passagens em desacordo com a norma padrão do português brasileiro. Fora este fato, os outros erros são culpa da distração dos revisores (risos).

PRÓLOGO DE UM CONTO DE HORROR

Um apagão tomou conta do povoado inteiro, se olhássemos pelas janelas das casas conseguiríamos avistar apenas pequenos feixes de luz, provenientes, provavelmente, de velas acesas. Ninguém ousava deixar suas casas, as ruas estavam escuras e desertas, os assassinos enfurnados em seus cubículos, escutávamos apenas o escarcéu dos gatos nos telhados (é admirável a forma como os gatos fazem amor, em outra encarnação nascerei na carne desses bichos), o latido incessante dos cachorros tentando nos alertar para um perigo invisível e os guinchados dos ratos esfomeados no esgoto. A pensão estava ainda mais sinistra, a construção falida, as portas e janelas desfalecidas, os trincos enferrujados, as árvores secas, o jardim abandonado, a fonte servindo de mictório e pouso de pássaros. Ninguém poderia supor que alguém habitasse aquele lugar fantasmagórico. No entanto, a vida dos homens se prolifera nos lugares mais improváveis e insólitos. Estevão morava lá com mais meia dúzia de desocupados. Ninguém sabia como tinham parado na pensão, assim como não sabíamos do que viviam, pois havia apenas uma fábrica na cidade e não empregava nenhum deles. O comércio se restringia a um açougue e uma mercearia familiar. Assim, desconfiávamos de que eles não precisavam dos mesmos alimentos que nós, mortais, precisávamos, embora, ninguém tivesse certeza desse fato. Estevão, talvez motivado pela escuridão e pela vagabundagem, começou a relatar a sua história aos demais. "Bem, era uma pensão como essa, no entanto, cada cômodo abrigava um tempo diverso, conheci três mulheres supostamente distintas, porque tinham idades e aparências diferentes, uma inclusive já estava morta dentro do caixão, me recordo como se fosse ontem, os olhos fundos, a face pálida, como se tivesse uma espinha de peixe atravessada na garganta, o corpo duro como de uma adolescente... Contudo, as três eram a mesma mulher, o mais engraçado é que apesar de vê-la agonizando e conhecê-la totalmente sem vida não me impediu de desejá-la de uma forma como jamais pude desejar novamente, provavelmente fui o único homem do mundo a conhecer tão intimamente uma mulher (não que este fato não me tenha causado transtornos incontornáveis), além disso, duvido que outro homem nesta terra seja amigo (sim, talvez possa chamá-lo de amigo) de um homem sem cabeça, tenha alimentado com as próprias mãos um cachorro verborrágico, tenha visto um homem se duplicar bem diante do seu nariz (os homens têm em sua natureza o poder da transformação, mas se partir em dois feito uma ameba nunca tinha visto) ou conheça um homem sem truques. Não quero convencer ninguém da veracidade dos fatos, sigam o resto da história e chegarão às suas próprias conclusões."

CARTA ENVIADA A UM CORPO QUASE MORTO – ESTEVÃO

Como posso descrever essa estranha pensão, onde cada cômodo representa um tempo diverso¿ Como descansar se cada porta se assemelha à mandíbula exposta de um monstro¿ Se cada janela se abre a uma temporada de dias mortos¿ Se cada rangido se parece com um estrondo¿ Se cada fechadura esconde um secreto horrendo¿ Se o arrastar dos chinelos lembra línguas percorrendo o seu corpo¿ E se as lagartas deixando rastros nos muros recordam seu último gozo¿ Tudo nessa casa colabora para que eu não durma nunca. Tudo nessa casa colabora para que eu tenha pesadelos intermináveis. Tudo nessa casa colabora para que o meu sangue se esvaia feito o sangue dos hemofílicos. Nos encontramos nessa fissura entre o nada e o absoluto, sua boca, seus olhos, seu nariz, seus gestos me assolam, não há sossego em peregrinar um solo que não conhece o sagrado. Longe de você, Augustina, começo a depenar os pássaros mortos dentro do ninho, não era disso que o amor era feito¿ Desse cuidado extremo das mães alimentando os filhos pelos bicos, evitando assim a morte prematura¿ Por acaso, não é dessas delicadezas que estamos tratando¿ Porventura, você não consegue escutar o chiado do meu peito quando respiro rente à sua cama¿ Não escuta os meus dentes rangerem te acordando de sonhos ruins¿ Ou o roer das unhas quando estou a alguns metros do seu corpo¿ Ou o roçar dos meus cílios ao fechar das pálpebras¿ A paixão gera ruídos inconfundíveis, é preciso apenas encostar atentamente as orelhas nas paredes. Sim, essas palavras são dirigidas a você, VOCÊ VOCÊ VOCÊ esse pronome tão obscuro e que sugere tanta proximidade, tanta luxúria, embora pouco tenha tocado a extensão da sua pele, tampouco tenha lambido os seus lábios, porque o meu desejo nunca foi capaz de impor ordens, afinal, quem seguiria as ordens de um serviçal¿ Ninguém cairia em prantos porque os móveis se banham em poeira. Se eu morresse provavelmente se recusariam a suspender as alças do caixão. Talvez nem houvesse caixão, apenas uma vala perto do jardim. E deveria me contentar com isso, eu tomava o espaço de um canteiro inteiro de hortaliças. Como posso querer igualar a decomposição do meu corpo com os corpos dos ricos¿ As moscas e os vermes escolhem seus cadáveres pelo cheiro, e pobre fede mais que rico. Os espelhos não refletem fantasmas nem subalternos. Além disso, minha única herança seriam minhas horas de desgraça. Não havia nenhum parente para lamentar minha má sorte. Por favor, não desconsidere minhas palavras, ninguém, ninguém mesmo, por mais insignificante que pareça, merece o desprezo de outro ser vivo, claro que esse conceito pode ser questionado, mas prefiro que você não o faça, basta os mortos que já nos direcionamos sem esperanças de respostas ou murmúrios, basta o silêncio sepulcral dos deuses que nos fizeram acreditar, basta o sussurro dos canaviais. Quando pensamos em uma tartaruga lembramos da sua lerdeza, poucos se recordam da dureza de sua carapaça. Algumas coisas são assim, passam imperceptíveis aos nossos sentidos, mas existem. Não me ignore, eu te peço. Um carrapato não pode se dar por vencido porque pressente a força descomunal do cão. Um gato não pode desistir de comer a mosca porque não possui asas. Um peixe não pode desistir de conhecer o mar porque sempre morou dentro de um minúsculo aquário. Isso me lembra você... Quando observamos o mar e vemos as ondas recuando sabemos que depois de alguns segundos elas retornarão. Não é estranho quando enxergamos somente as ondas recuando¿ Parece que é assim com a gente, vejo apenas o recuo e jamais o retorno... As leis da física nos ensinam sobre tudo, inclusive sobre as relações impossíveis... No entanto, a impossibilidade do coito nos atrai... Como poderia te ensinar a gostar das coisas vulgares, das pessoas comuns, das mãos feias e calosas do trabalho duro¿

Existe em você um sentimento estético inalcançável que faz com que procure metafísica em coisas desprovidas de metafísica. Você não acredita, no entanto, existe vida pulsante fora da abstração. Eu posso te ensinar sobre os ciclos da terra, os caprichos da natureza, a estrutura agonizante dos insetos que duram poucas horas. Há também no ordinário uma poética empírica que você desconhece. Mas, perto de você meus planos se desmancham... Perto de você, Augustina, me sinto como um bicho com o ventre abaulado, agonizando com as pernas para cima, com medo constante que uma criatura grande e pesada me esmague. E por acaso, não é isso o amor¿ Uma inabalável espera para ser subtraído¿ Um oásis em meio a um deserto de homens tristes¿ Um desejo vago e desarticulado¿ Uma vontade insana de nunca morrer¿ Uma ânsia de não mais viver desacompanhado¿ Não há um dia em que eu não me lembre da maneira como olhava para aquela barata antes de esmagá-la com a sola do pé desnudo. Havia uma poética rústica naquele ato. Eu daria tudo para estar no lugar daquele inseto repugnante. Eu sei, você não olhava com admiração, respeito ou afeto, você olhava com horror, com repulsa. No entanto, os seus olhos eram capazes de ver a barata, o verbo ver nos tira da possibilidade certa do fracasso, seu corpo podia pressentir as antenas tocando a pele, você se arrepiou dos pés à cabeça com a presença daquele ser. Como não poderia invejá-lo¿ Quando eu passava não havia reação nenhuma, o seu olhar me atravessava sem jamais me ver, não te causava nem sequer nojo. Eu deveria ter brio e não gastar meu tempo pensando em você. Um homem deve saber a hora certa de se retirar de campo. Eu deveria sair sem olhar para trás. Deveria ter ido embora anos atrás, enquanto a paixão ainda não tinha se tornado uma obsessão doentia. Porém, apesar do seu desprezo, prefiro insistir. É incrível como o homem não aprende a lidar com recusas. Um fio de esperança o coloca à beira do precipício e ele continua, apesar de não haver nada depois da queda. Acredito que as grandes invenções só foram possíveis por causa da insistência dos homens tolos. Por que comigo seria diferente¿ Não torça por mim, apenas me enxergue, se esforce, não fique na superfície, nas profundezas é que se encontram os peixes mais assustadores. Vamos, primeiro sente, passe os dedos devagar pela superfície do envelope, as coisas sem vida têm muito a nos ensinar, tente adivinhar o tamanho do papel que se esconde por dentro do envelope, adivinhe o sentido duplo ou triplo das sentenças, tente decifrar as obsessões que se camuflam por trás da caligrafia hesitante, ou o peso das repetições excessivas, preste atenção aos hifens desnecessários e ao excesso de beletrismo, aos espaços exagerados entre uma palavra e outra, as nuances e as coisas banais são sempre as mais divertidas, você não acha¿ Não imagine que eu enviei essas palavras por confundir os remetentes, não tenho nenhum tipo de intimidade com os meus parentes mais distantes, além disso, por que enviaria cartas extensas a homens e a mulheres que pouco ou nada sabem sobre letramento¿ O equívoco é seu, não se trata de um engano, de forma alguma, eu jamais me enganaria com uma coisa dessas, não é de hoje que premedito isso, é quase como sair com uma capa de chuva por estarmos certos que o temporal destruirá os guarda-chuvas, antes de tentar amassar o papel e jogar no cesto do lixo eu peço que leia, perca cinco, talvez dez minutos do seu tempo, por que não ousar me oferecer ao menos isso¿ Talvez eu devesse começar esta carta como todos os remetentes, deveria procurar uma data, um lugar de envio, um intermediário para entregá-la, mas como poderia saber um tempo exato para dizer as coisas¿ E como poderia escolher um lugar e desconsiderar toda a imensidão do mapa¿ E como me permitiria dividir pensamentos tão íntimos com um garoto de recados¿ Não queria que ninguém além de nós dois engordurasse esse papel... existe uma cumplicidade inviolável nos segredos... eu sei que você pensa que não deve considerar o discurso de um reles empregado, ainda mais um empregado que não é dotado de músculos e nem possui uma face intrigante, a feiura, por certo, sempre foi um grande empecilho para o amor, porém, essa falsa carta é escrita a você mesma, a mais inusitada das mulheres, aquela que enganou o diabo e dormiu entre as pernas cabeludas de Deus, aquela que pode ser amada três vezes simultaneamente, aquela que possui um espírito e três corpos, claro, o corpo é só um pedaço de matéria, uma combinação estranha de átomos, nem devíamos dar tanta importância a um amontoado de ossos, músculos, pele e dentes, porém, não posso afirmar que desprezo a comensurabilidade dos corpos, pelo contrário, os admiro com ardor. Eu facilmente trocaria o meu corpo por outro mais saudável e menos funcional. Quando não somos dotados de beleza geralmente idolatramos a perfeição alheia, de preferência do sexo oposto, já que do mesmo sexo só nos traria desgraça, desejaríamos alcançar uma boniteza que está fora de cogitação e nos perderíamos em lamentos infecundos e projetos frustrados de aperfeiçoamento. Quantas cirurgias seriam necessárias para me tornar mais apresentável e digerível aos outros homens¿ Por que deveria me preocupar em esconder dos homens as minhas deformidades¿ Eles nunca fizeram questão de esconder de mim as suas injúrias. Além do mais não somos feito de pedra nem de mármore, não podemos ser talhados ao gosto do escultor. A estética é um assunto que sempre me intrigou e confesso que acho graça quando eu escuto as pessoas afirmarem que beleza não se põe na cama. Talvez não se coloque na mesa, mas na cama um corpo bonito é mais disputado. Quem sabe se eu fosse mais apresentável você jamais tivesse o prazer de desfrutar da minha companhia quase invisível. Talvez eu nunca precisasse escrever uma carta, porque todo diálogo seria vão. A feiura tem a vantagem de passar despercebida. Se eu fosse atraente provavelmente me consumiria e me mandaria embora para evitar a tentação. Um homem feio não representa perigo e se assemelha muito a um eunuco. Agora me pergunto se você tivesse exatamente esse mesmo corpo, lindo e perfeito e uma alma diferente, ainda assim teria vontade de te ~~foder~~ inteirinha¿ Porque nos últimos anos é a única coisa que consigo pensar quando te vejo. Ainda assim descansaria a minha língua no assoalho frágil das suas ancas¿ Ainda assim salivaria minhas angústias nas beiradas chorosas da sua ~~buceta~~¿ Difícil responder, nunca cheguei a uma conclusão sobre a importância da carne no revestimento da alma, o certo é que quando olho pelas frestas dos cômodos é o seu corpo que vejo, seus ~~peitos~~, sua ~~bunda~~ deliciosa, a sua ~~buceta~~ supostamente encharcada só esperando um ~~pau~~... E o meu ~~pau~~ latejando de vontade e tendo que envergar para não romper a frágil costura da calça. Será que você nunca percebeu o fascínio que exercia sobre mim ou simplesmente fingiu ignorância para não ter a responsabilidade da recusa¿ Afinal, de repente eu poderia me enfurecer e partir... e então, você perderia um grande jardineiro. Às vezes, as coisas funcionais têm um peso enorme. Eu me lembro que costumava elogiar as minhas mãos, dizia que elas eram irmãs da terra e tudo que elas tocavam germinava. Sim, era verdade e com certeza se eu te tocasse você também haveria de germinar e talvez se multiplicasse ainda mais... e se eu socasse meu membro ereto em você, você seria capaz de dar origem a um lago de sêmen na cavidade do seu útero. Eu sei que você não esperava que brotassem palavras de mãos tão brutas e aparentemente estéreis, provavelmente esperava que saíssem da minha boca apenas palavras de baixo calão (não que as despreze, inclusive acho que elas expressam os sentimentos de forma mais verdadeira), substantivos concretos e inexistentes ou dois ou três verbos simples, de preferência terminados na primeira conjugação e que não implicasse uma fuçada nos dicionários, sim, é verdade, sou quase um ogro e os calos devoraram quase todos as locuções, alguns pelos ainda crescem nos meus dedos médios e anulares, sim, eu tenho um parentesco estreito com os primatas, eu sou o mais evoluído dos macacos, aquele que aprendeu a bater ~~punhetas~~, rasgar a carne dos frutos exóticos, empunhar armas, fazer utensílios sem se importar com a rigidez das pedras e cozinhar seu escasso alimento, eu sei que por vezes até chegou a cogitar que fosse dotado de uma espécie peculiar de mudez, pensou que eu fosse parente de sangue da Mudinha, considerava que havia certas semelhanças em nossos traços, era mais simples acreditar nisso, não te tomaria muito tempo com criados, a verdade é que a nossa única parecença era a pobreza extrema, sim, concordo, os pobres costumam ter traços muito parecidos, inclusive partilhamos no tacho a mesma fome, assim como não podemos negar que o silêncio evita constrangimentos, quantas vezes falei o que não devia! é muito mais cômodo ter um empregado destituído de língua e cordas vocais, e não me refiro à Mudinha aqui, quantas vezes engoli a seco para te poupar de discursos vãos, quantas vezes se contentou apenas com um gesto afirmativo ou negativo da minha cabeça¿ Supondo que não fosse capaz de nada muito além do que um aceno rápido e indolor. Qualquer levantar de braços te causava terror. Como enfrentar um ser que se comove¿ Como cogitar ou adivinhar as artimanhas de um ser rasteiro¿ O que dizer a um homem que pressente a desgraça inevitável de outro homem¿ Como ignorar um ser que chora a desgraça de um cão¿ Como comungar com a tragédia dos espelhos¿ O melhor é se debater com a inércia das matérias porosas e frias. O Discurso extenso nos proporciona conhecimentos com os quais não estamos habituados a lidar. Como poderíamos explicar as leis falhas da física¿ Como poderíamos atravessar um rio a nado¿ Não temos nadadeiras nem brânquias, temos apenas sonhos tolos. Perto de você me sinto como se estivesse pisando pela primeira vez na casa de um anfitrião rabugento, não sei se devo ou não tirar os sapatos, não sei se afrouxo ou aperto o nó da gravata, não sei se devo me sentar ou ficar em pé, se enfio as mãos atrás das costelas ou se retiro a cera do ouvido ou assobio para simular uma distração boba e inexistente. Como relaxar perto de um ser que respira¿ Como posso inspirar o ar e não sentir o diafragma expandindo meus outros órgãos¿ Sim, você respira, embora talvez nunca tenha reparado que eu também possuo pulmões dentro desse tórax frágil. Talvez não tenha reparado na minha respiração ofegante, porque quando passava eu me camuflava de mesa, de cadeira, de qualquer objeto desprovido de ar. Eu não significava nada para você, absolutamente nada, minha presença ou ausência só seria percebida quando as minhocas saltassem da terra e o jardim estivesse completamente morto. Sim, você perceberia a morte do jardineiro, porque costumava ir até o jardim observar as plantas minúsculas, aquelas que estavam à margem das flores maiores e coloridas. Longe de você, Dolores, vejo os países descolados do mapa e é como se eles pudessem todos, ao mesmo tempo, cair sobre o meu corpo, triturar meus ossos, foram anos e anos impedindo que o rancor destruísse minhas veias e artérias e agora que pensei que estivesse a salvo da ruína, conheci as intemperanças do amor. O homem necessita de uma esperança para continuar, entretanto, não havia esperança alguma para mim, teria que me conformar com a minha posição de subalterno. Tantos criados sobreviveram antes de mim, por que eu fraquejaria¿ Não deveria me importar tanto com a paixão, deveria fazer como todos os outros criados, copular apenas e me dar por satisfeito por despejar a ~~porra~~ em uma mulher qualquer ou no assoalho, na falta de um objeto de descarte. Como me doía saber que me considerava um ser pequeno, mesquinho (um babuíno¿), que se balançasse com força poderia soltar alguns grunhidos. Nem sequer sabia o timbre da minha voz. Nunca me solicitou a leitura de uma receita ou de um obituário. I WOULD PREFER NOT TO. A prática do descaso tornava as pessoas implacáveis. Ao que parece a rejeição nos torna ainda mais rastejantes. Não sabia por qual brecha poderia infiltrar em você. Pensava que eu possuía um pequeno retardamento congênito, a genética costumava explicar com eficiência a diferença berrante entre os seres da mesma espécie, um cromossomo a menos ou a mais, desses que só atingem a parte pobre da população, nasci quase miserável e não considero isso motivo de orgulho, muitas vezes tive que presenciar a fome dos meus vizinhos, tive que ver seus músculos se atrofiarem por causa do excesso de peso, vi seus rostos se encherem de rugas precoces e os dentes exilarem de suas bocas. Vi a fúria desmedida dos governantes enchendo a cabeça desses pobres coitados de falsas esperanças, vi policiais espancando seus filhos, estuprando suas esposas. Vi gente se armando, imaginando que o revólver poderia ajudá-los a não serem ainda mais surrupiados. Coitados! Não conheciam os verdadeiros ladrões. Gente pobre só serve mesmo para matar a raiva e o tempo de gente ruim e poderosa. Nunca tiveram acesso à educação e os livros eram enfeites em outras casas. Por isso, pouco me assusto quando vejo que me considera burro, tenho, inclusive, esse animal em alto valor, além disso, inteligência custa caro e caí no mundo desprovido de bens, nenhuma herança milionária, nenhum casebre, pois minha miséria foi passada de geração a geração, foi herdada até mesmo pelos cães domésticos, pelos gatos, pelos macacos adestrados e pelos papagaios da redondeza. Afinal, não é assim que todas as misérias são herdadas, por extensão e genética¿ Não posso exigir que você seja a única pessoa sensata deste mundo. Logo você! Você é mais letrada do que eu. Bem, mas o que faz com isso além de citar nomes de autores aleatoriamente¿ I WOULD PREFER NOT TO. Sim, as pessoas não costumam imaginar que os homens ordinários escondam questões metafísicas em uma caixa de ferramentas ou que reflitam sobre outros homens ou sobre as bombas atômicas enquanto tomam um café com torradas, pensam que os homens ordinários têm apenas mãos, músculos e estômago, muito mais estômago do que outras coisas porque estamos sempre famintos, não imaginam que exista dentro deles algum desejo de se instruir, que perdemos tempo com leituras extensas, fomos programados para adorar as pedras e os martelos, então, por que se recusar a adorar as pedras e os martelos¿ O esforço físico é que aproximará os pobres dos ricos. Por que o desejo de revolucionar a ordem de uma sociedade¿ Não estou disposto a tanto, uma ~~foda~~ não pode me colocar na ordem dos rebeldes. Seria até ridículo se isso passasse pela minha cabeça. Está tudo estabelecido desde o início patético dos tempos, os homens mais fortes impunham suas vontades aos mais fracos. Os mais fracos obedeciam pacificamente. Somos hierarquicamente incapazes, nossa função é gerar filhos obedientes, inábeis e adoradores das pedras e dos martelos. Tudo que foge a isso é da ordem do abominável. A metafísica pertence aos espíritos elevados e com uma pomposa conta bancária, aqueles que comem brioches importados no café da manhã. Aqueles que leem jornais e vestem penhoar, essa palavra de origem francesa e esnobe. Fomos ensinados a admirar as porcas e os parafusos, e não devemos nos confundir e nem deixar os outros homens mais abastados se confundirem, os rótulos simplificam as coisas, se ao menos eu me escondesse atrás de um par de óculos e bigode escocês, talvez fizessem uma imagem mais série de minha pessoa, talvez pudessem supor que conheço a diferença entre filosofia e religião, entre alhos e bugalhos, ou quem sabe se eu tivesse me criado em um lar com livros e parentes a minha sorte fosse outra... para ser sincero com você, eu nasci do avesso, fui gerado de revés, não me surpreenderia se a parteira jurasse de pés juntos que a minha cabeça foi a última a deixar o ventre da minha mãe. Às vezes, tenho a impressão de um parentesco próximo aos cachorros, também sou dotado de dentes e saliva feito os cães, no entanto, nunca encontro um pedaço de carne à altura, apenas esses ossos pequenos e sem tutano. Vivo entre o latido e a lamúria, sem nenhum dono que me lamba as patas e me aperte o focinho, nem sequer um dono que se lembre da ração diária. Não deveria te confessar isso, mas preciso ser sincero, os parafusos e as furadeiras nunca me deixaram à vontade, não sou dado a delírios de carpintaria, sabe como é, é difícil convencer os outros que a ociosidade é o primeiro passo para a genialidade, logo pensam que não passa de um vagabundo arrogante, que precisa de uma boa desculpa para ficar coçando o saco. Onde já se viu isso, um homem pobre pensar! É mesmo o fim da picada! Já passou pela sua cabeça que um homem que limpa a sua merda pode atingir uma mente lúcida¿ Você se quer cogitou que um pensador passasse seus dias tirando merda de dentro dos canos entupidos dos esgotos, sim, porque algum pedreiro burro fez um encanamento muito estreito e os homens cagam muito! Não apenas metaforicamente, eles cagam muito literalmente também. Você já imaginou que poderia estar dormindo ao lado de um gênio¿ Aliás, você sequer imaginou que se recusou a foder com um gênio¿ Você sequer imaginou que um gênio está nesse exato momento batendo uma ~~punheta~~ pensando nas suas partes de dentro¿ Feio, horroroso, quase corcunda, mas gênio¿ As mulheres gostam de foder com gênios¿ Não sei... Acho que depende do tamanho do membro do gênio... Sei apenas que a humanidade quer que se foda a genialidade, espera que respondamos prontamente aos problemas simples, como desentupir a merda do encanamento, acabar com a erva-de-passarinho que detona as árvores frutíferas, exterminar os cupins que comem os móveis da sala, arrumar uma torneira ou instalar um chuveiro é mais essencial do que indagar porque os homens bocejam todos ao mesmo tempo, você já reparou nisso¿ Basta um abrir a boca e lá se vão todos os outros mostrando o céu da boca como carneirinhos obedientes, bem, me disseram que apenas os psicopatas não são contagiados pelos bocejos alheios, a psicopatia não me agrada, não me recordo de algum dia tê-la visto bocejar... Fora tudo isso, infelizmente, nasci em um corpo franzino e feio, que lembra muito uma cloaca de galinha, tenho uma alma delicada e um tanto feminina. No entanto, ninguém percebeu, pois exigem beleza e graça de um corpo feminino, truculência e rigor de um corpo masculino. Ninguém sabe lidar com meias medidas, as pessoas gostam de coisas extravagantes, grandes demais ou pequenas demais, como em um grande show de variedades. Já reparou como os pigmeus fazem sucesso¿ Eu não possuo nenhuma dessas coisas, faço parte do grupo dos homens ordinários, sou desengonçado demais para ser desejado por homens e fraco demais para ser admirado por mulheres. Contudo, isso jamais pode frear a minha imaginação e os meus desejos, a cabeça é um órgão exuberante, graças a Deus! A minha cabeça ninguém controla e ela não se importa com os meus poucos atributos físicos. Consegue façanhas inimagináveis apenas com dois ou três estímulos externos. Pouco penso na falência do meu corpo enquanto me masturbo. A minha feiura tampouco impediu as ~~punhetas~~ enquanto você se banhava. E eu esperava ansiosamente essa hora chegar, uma espécie de cachorro sarnento sonhando com um naco de carne suculenta, quase sempre você se banhava no mesmo horário e eu praticava os mesmos gestos, como em um ritual sagrado. Bastava você entrar no banheiro e eu já me colocava no corredor, quieto e atento, feito um ladrão que espera o silêncio das madrugadas para efetuar o furto, quando escutava o ferrolho fechar tirava o ~~pau~~ para fora com certo exibicionismo, tamanho não é documento, mas ajuda na manobra, na minha cabeça você era capaz de vê-lo, não precisava fazer nenhum esforço, pois nessa hora ele já estava duro feito uma rocha, então quando sentia o cheiro do sabonete sair pelas frestas da porta começava a chacoalhar o ~~pau~~ com força até o líquido branco escorrer no assoalho de madeira. Não é o momento de todas as revelações, mas com o tempo as investidas tiveram certo avanço e se tornaram um tanto perigosas. O desejo pode nos trair e nos levar a fazer coisas com mais pressa e menos cuidado, pular etapas, o criminoso só é preso porque confia na lerdeza e ignorância do seu predador. E você não era burra, talvez um tanto dispersa... Eu sei, talvez nunca tenha me olhado com lascívia, talvez a culpa seja minha, pois jamais abri minha braguilha perto dos seus olhos nem coloquei meu membro dentro da sua boca, para que pudesse desfrutar da sua força, se existe uma parte em mim totalmente ereta e grande é meu ~~pau~~, se o tivesse experimentado, apesar da minha feiura, com certeza não se furtaria em viver na minha cama, dividindo o hálito amargo pelas manhãs, quem sabe até lamberia o chão em que piso. Se tivesse tido a sorte de sentir entrando ao menos a cabeça na sua vulva entumecida... Não conheço nenhuma mulher que não se rasteje por uma boa ~~pica~~. Sim, eu sei, elas negam até o fim, fingem uma decência que não conhecem. Pregam um conceito abstrato de moral, aos ascetas, o paraíso. Queria antes deixar claro que não faço isso para afrontá-la, mesmo porque não acredito que as revoluções possam mudar o mundo, eu mesmo não tomaria parte em uma revolução. Deus me livre, se em Deus ou no Diabo eu acreditasse! As guerras cotidianas já me bastam e mesmo elas me entediam. Imagine perder horas de sono tentando eliminar os pernilongos do quarto¿ Ou se embrenhar em uma casa de marimbondos esperando não receber ferroadas¿ Resolvi tomar coragem e interromper o seu sono santificado, sim, os patrões têm direitos que nós, reles servos, jamais compreenderemos, e nem nos compete tentar, além do mais o meu desejo não me deixa enxergar as coisas com nitidez... Sabe, o meu pai diz que trabalhou desde os sete anos sem descansar ou dormir uma noite sequer, isso não o tinha matado ou enfraquecido, costumava dizer envaidecido, ele ainda se vangloriava disso, se considerava superior aos homens vagabundos e desempregados, jamais imaginaria que o filho seria mais afeito a esses degenerados, só os abastados tinham o direito de dormir depois que o sol se levantava, não sou como ele, não vejo o trabalho com a mesma dimensão de sacralidade que ele via, claro, sempre fiz questão que ele acreditasse na minha boa-fé, nunca percebeu que eu era um vagabundo convicto, por que daria esse desgosto ao velho¿ Afinal, se existe uma coisa que pobre se orgulha é de ter filho trabalhador. Mal soube o coitado no que deu a cria que cuidou!!!! Quer saber, se não estivesse tão fissurado em você teria mandado tudo às favas faz tempo, não pense que faço o que faço por mérito, desejo, vontade de agradar ao meu pai ou porque acredito que o trabalho exaustivo dignifica o homem, não, não sou tão ingênuo, os livros me serviram ao menos para isso, me tornar mais cínico, não me fizeram mais feliz, mas me fizeram menos tolo. Os homens comuns se matam de tanto trabalhar e quando morrem não têm dinheiro nem para o prego do caixão, muitos são enterrados como indigentes, a meritocracia é uma falácia que acalma apenas o coração dos ricos. Se ainda permaneço aqui é por puro tesão, quero te comer a qualquer custo, provavelmente se não tivessem me convencido a ficar naquela noite eu vagaria até hoje sem rumo, por vezes me alimentando de frutas secas e raízes, outras vezes conseguindo mantimentos através de pequenos furtos, dormindo uma noite ou outra em estrebarias pela estrada, aproveitaria para roubar uma charrete, a qual abandonaria em uma cidade vizinha, faria pequenos biscates para não morrer de inanição, uma noite ou outra comeria uma puta para satisfazer a carne, talvez em algum momento encontrasse uma camponesa cansada, doce Dulcineia, me apaixonaria ou fingiria um afeto que adquiriria com o tempo, ajuntaríamos os trapos, teríamos meia dúzia de moleques barrigudos e catarrentos, trabalharia no campo, viveria de batatas e outros tubérculos que a terra me proporcionasse. Depois teria ideias tortas de artista, essa megalomania que nunca termina, só troca os personagens, inventaria de escrever um livro ruim, uma epopeia ou um romance histórico, apenas para fugir da responsabilidade que uma vida familiar impõe, abandonaria tudo, esqueceria a paternidade, seria mesmo um péssimo pai, e partiria com uma trouxa de roupas nas costas. Entretanto, me convenceram a ficar e acabei me apaixonando por você (quem pode mensurar o desejo¿), claro, não estou culpando ninguém por isso, talvez seja o que chamam de predestinação, não tenho fé, mas acredito que não impedimos as coisas de seguirem seus caminhos, mesmo que o percurso não leve à nada ou leve a uma árvore infrutífera, sou grato ao seu marido, contudo, não acho que lhe devo lealdade, a lealdade nunca é maior do que o desejo. Escute, não tente desviar a atenção para os assuntos banais, não se preocupe com as infiltrações, com a ração dos cães, com a poda dos tomates cerejas, com os pássaros mortos ou com os frutos podres que mancham o piso das varandas, afinal, por isso fizeram questão da minha apagada pessoa, essas tarefas são minhas, não imagine que eu seja esse serviçal exemplar por causa da ninharia que me paga, seu dinheiro não é capaz de gerar o meu perfeccionismo, nem de bancar a minha paz, aliás, ele mal dá para limpar a ~~bunda~~, é engraçado ver como os homens tentam domesticar outros homens em troca de um prato de comida e de um teto para morar, não é muito diferente do que fazem com os animais domésticos, aliás, é praticamente a mesma coisa, já que os patrões se esquecem que possuímos uma linguagem, que temos um discurso próprio, a maioria das vezes engolido à força pelo desprezo. A verdade é que não me compraram, eu apenas te escolhi, poderia ter escolhido outra, isso agora não vem ao caso, enfim, eu diminuo o seu risco de lidar com as coisas ordinárias para que possa respirar e perceber a minha presença, mesmo tendo consciência de que não sou feito da mesma matéria dura e impenetrável dos homens engravatados (será que isso não me torna ainda melhor¿¿¿), nem possuo a elegância, o estupor e a arrogância do seu esposo, além disso, ao amor não interessa essas banalidades, sente-se, ajeite as saias, levante os seios, envergue as costas ainda jovens, tire a cera dos ouvidos e me escute, calcule minhas falas, sinta o ritmo vago das palavras, você é objeto direto desse armistício, não citaremos as guerras maiores e mais bélicas, não me interessa falar dos seus duplos, dos seus outros eus que se perderam nas guerras íntimas, da suas brigas com os espelhos ou dos seus traços infelizes de consanguinidades, ninguém pode pagar a vida inteira pelo equívoco genético dos seus ancestrais, não escolhemos conviver com as tragédias herdadas de nossos ancestrais, mas ao mesmo tempo não podemos fugir dos escombros que nos perseguem, infelizmente, os homens não nascem nus, espero que quando esses escritos chegarem as suas mãos não se assuste, não é do meu interesse que as palavras nos afastem, imagino que o silêncio é mais devastador, demorei anos para escrever esses parcos vocábulos, eu sei, às vezes, isso acontece, o verbo nos engana e de repente desferimos golpes por nada... procuramos corpos desconhecidos para despejar nosso rancor, de repente nossas mãos estão encharcadas de sangue e cansaço... construímos muralhas, derrubamos muros, trucidamos os soldados que protegem as fronteiras dos países vizinhos, decapitamos monstros, assassinamos ditadores, matamos homens inocentes e depois choramos nus embaixo das mortalhas. Chegamos a triste conclusão que os carrascos morrem mais cedo do que imaginávamos. Eu não queria estar nu apenas quando o corpo não reage a nada, quando o sopro de vida já se esvaiu. A vida me parece demasiada curta para silenciarmos nossas vontades e eu tenho tantas vontades! Ou você acha que devemos nos poupar para que a terra nos engula¿

Sabe, eu poderia te ensinar tantos truques, inclusive te fazer fechar os olhos enquanto te penetrasse, assim não seria obrigada a olhar para o meu rosto disforme, a mente nos prega peças incríveis, lamberia devagar o seu clitóris, enquanto isso meus dedos se dividiriam entre o seu ~~ânus~~ e a sua ~~buceta~~, já posso até escutar os seus gemidos tornando minha língua mais ágil. Perto de você, Ester, tenho a impressão de que uma aranha gigantesca devora os ponteiros dos relógios e o tempo é suspenso e por algumas horas até mesmo os vermes deixam de comer seus cadáveres para nos observar. E por acaso, não é isso o amor¿ Uma infindável suspensão das coisas desimportantes¿ Uma busca alucinada e imprecisa¿ Um medo infundado de que uma bomba atômica devaste a Terra¿ Não quero que me tome por um empregado ressentido (embora eu sei que muitos podem interpretar dessa forma), o qual sonha desposar a mulher proibida do patrão, muitos dirão que o fascínio do serviçal se deve apenas ao fato da mulher pertencer a um outro mais poderoso, isso é um engodo, uma simplificação de sentimentos mais complicados e finos, eu nunca roubei nada de ninguém, poderia ter roubado também, qual seria o problema¿ a moralidade é uma matéria bem difícil de digerir e sempre está do lado dos mais ricos, eu quero apenas o que é meu por direito, como o que desejo com tanto ardor não é minha posse¿ O que é a posse senão uma legitimação pelas coisas que temos direito¿ O que é a posse senão uma artimanha para que roubemos o que nunca nos devia ter sido tomado¿ depois, nosso problema não se restringe às lutas de classes, não caminhei tanto, por terras tão desgraçadas para isso, meu desejo não pertence aos grandes combates nem a luta íntima de rifles entre irmãos, sempre duvidei dos que me impuseram a alcunha de filho, meu próprio pai nunca fez questão de provar o seu título, nem rinha entre parentes do mesmo sangue, pouco sangue derramaria para os de minha descendência, assim como considero uma bestialidade sem limites crer que um homem deve morrer pela espada de outro homem, deixe que os homens morram à mingua, ninguém precisa se responsabilizar pelo corpo sangrento de ninguém, a própria vida arranja seus métodos para que os homens morram pouco a pouco de fome ou de sede, já vi muito mais homens morrerem por falta de pão do que por necessidades do espírito, quanto a mim, sou mais afeito aos micropoderes, desses que se infiltram aos poucos, devagar, entre a unha e a carne, entre os músculos e os ossos. Deixo claro que quero apenas você, a Augustina do tempo presente, não me interessa a Augustina do passado, não me causa desejo essa Ester que traz os seios duros, a face não enfezada, as coxas roliças e firmes, as ancas estreitas e o meio das pernas quase virgens, tampouco me causa arrepios a Estela do futuro, essa massa pálida estatelada em um caixão de madeira de lei, cheirando a mofo e pinho, meu ~~pau~~ não pode ter ereções visitando este corpo desfalecido, embora ainda traga certos odores que lembrem a frescura de antes, é um corpo quase morto e já não pode responder aos estímulos que imprimimos ou expomos a ele. Perto de você, Estela, vivo desfazendo as armadilhas e as emboscadas que os demônios arquitetam nas noites claras de verão. E por acaso, não é isso o amor¿ Um trabalho incessante para que os dias não se arruínem¿ Uma fuga sem fim para que o diabo não nos alcance¿ Um sopro no umbigo para que a força vital não nos abandone¿

OBSERVAÇÕES DE UM MARIDO MORTO

Não comia havia dias e isso não me assustava, estava acostumado à miséria e aos pratos vazios, a ambrosia repousava em bocas alheias. Aos miseráveis apenas o luxo de uma dentição insuficiente. E eu, eu não reconhecia a anatomia das línguas famintas nem o repouso das mandíbulas exaustas. Nas minhas papilas proliferava um gosto peculiar de fezes e sangue. Quanto mais esfomeado, mais a minha saliva se tornava abundante. Nem por isso eu devoraria o primeiro mamífero que me aparecesse pela frente. Preferia ficar à espreita vendo os mamutes correrem desesperados pela estrada deserta. Não havia esperança para o povoado, definitivamente éramos novamente uma cidade extinta, apenas algumas construções continuavam intactas, entre elas, o nosso antigo abrigo. Ao menos nunca mais tivemos a infelicidade de escutar sobre a existência de políticos, parece que tinham desaparecido com a falência do Estado ou se transformaram em abutres, essa era com certeza a teoria mais provável. Afinal, o que políticos poderiam querer em uma cidade sem dinheiro¿ No máximo comer nossas carcaças. Imagino que seria uma festa ser devorado por um animal de terno e gravata. Sim, me admirava a vestimenta dos homens rasteiros, desconfiava do corte impecável, do tecido macio e da costura invisível, os hipócritas têm bom gosto, se sentam com as pernas cruzadas, comem com o guardanapo no colarinho e as palavras são contadas nos dedos antes de serem proferidas. Está certo que nossos organismos não eram os mesmos e nem reagiam aos mesmos estímulos. No entanto, preferimos permanecer, normalmente é o que escolhemos quando estamos perdidos e quase sempre estamos perdidos. A inércia é a potência suprema da humanidade, ela tem deixado sobreviver os maiores calhordas da espécie. Comecei piscando o olho esquerdo, era um jeito sutil de demonstrar que havia alguma força vital em mim. Mexi as rótulas dos joelhos, era uma forma de constatar que o meu corpo continuava funcionando normalmente. De longe enxerguei os halteres jogados no barracão, senti um pouco de culpa, nunca fui afeito aos efeitos da musculação e meu corpo provava isso com maestria, meu bíceps não mostrava sinais de exercício físico forçado, a minha barriga denunciava que não mantinha uma dieta adequada. Como poderia deixar de comer para satisfazer um ego tão mesquinho¿ Desconfio das pessoas que conseguem manter uma dieta equilibrada. Como dispensar horas do meu dia decidindo se como pão ou uma barra de cereal¿ Se ao menos a falta de vigor me atrapalhasse o sexo, talvez tivesse gana para mudar, mas parece que as mulheres não se importam muito com isso, preferem o desempenho exemplar aos músculos definidos. E com toda certeza minha língua é acrobática e meus dedos, bem, sou ambidestro, isso diz tudo. Os dedos ágeis costumavam compensar a falta de um corpo atlético. Continuei observando tudo com presteza, pude ver até mesmo a urina das moscas sobre a pele dos animais peçonhentos. Vi as formigas famintas devorando seus cadáveres e não vi maldade nisso, apenas fome e zelo. Cavouquei o jardim e me impressionei com o cuidado das minhocas arejando o solo. Recordei da morte precoce dos camponeses e dos loucos. Me dei conta de que era preciso preservar os manicômios, não gostava de imaginar que os lunáticos estavam à solta, que podiam a qualquer hora despencar de um tronco apodrecido. Ou quem sabe serem arrancados da terra feito batatas doces. Os loucos estranham as extremidades, não compreendem por que necessitam de tantos dedos, de tantas unhas, de tantos pés, de tantas mãos (os médicos afirmam categóricos que cada mão é composta por vinte e três ossos), se a vida é sempre tão mesquinha, os lunáticos conhecem apenas a norma simplificada da subtração e da miséria. Não entendem a contabilidade exata dos ditos homens de bem. No lugar de canários da terra, cultuam mortos e urubus. Dizem que os loucos são uma espécie camuflada de profetas, eu sinceramente penso que são apenas e somente loucos, com toda a escassez da palavra. Continuei minha investigação, percorri cada centímetro das paredes, não constatei nenhuma rachadura, nenhuma infiltração, nenhum furo antigo de prego questionando a lisura do concreto, não havia fiações ou canos descobertos, era uma edificação feia, porém eficiente e funcional. Afinal, é isso que importa, não é¿ A estética quase nunca anda junto com a eficiência. O caiado em toda a extensão da construção dava um aspecto fantasmal à casa, no entanto, isso não constituía um defeito, era uma singularidade. O esgoto da vila inteira passava embaixo da casa, por isso, às vezes, subia um cheiro insuportável de fezes humanas. Verifiquei as dobradiças, as fechaduras, as trancas e os ferrolhos, apesar dos anos tudo funcionava perfeitamente, embora houvesse uma quantidade exorbitante de ferrugem. Tive um pouco de pena da desventura de Estevão, o nosso agregado, ele não tinha vida própria, já não podia atravessar a porta sem ser solicitado, o seu corpo, embora raquítico, era parte integrante daquela construção. Como disse há pouco, nem sempre a estética é funcional e o contrário também é verdade, Estevão era um funcionário muito eficaz, mas com certeza assustava até mesmo os espantalhos com a sua feiura, se fosse mulher decerto nunca se casaria. A feiura é mais perdoável nos homens. A sua função era manter a pensão em ordem, não tínhamos mão de obra suficiente, dessa forma,

Estevão era encarregado de quase tudo, no começo me incomodava um pouco delegar funções, mas com o tempo percebi que era bem cômodo dizer ao outro o que deveria ser feito, isso me isentava do infortúnio das ações mal executadas. Estevão era pago, pagávamos um pouco mais do que nada, diga-se de passagem, para fazer pequenos reparos, aparar a grama, controlar as pragas, retirar o mel, evitar a invasão de intrusos, alimentar os pássaros e os cães, receber os visitantes e fazer com que não enfiassem as fuças onde não eram chamados. Claro que isso é uma tarefa ingrata, a curiosidade dos homens é insana, como dizia um velho amigo, a curiosidade matou um gato, eu consertaria essa frase, a curiosidade é responsável pelos crimes mais hediondos da história. Apesar disso, graças aos serviços do Estevão quase nunca tínhamos contato com os pensionistas, o que nos poupava dores de cabeça. As pessoas conseguem arranjar uma infinidade de perguntas estapafúrdias, sem contar o tempo que perdem pedindo informações que nunca utilizarão por puro hábito, não tenho paciência para suportar a ignorância alheia, por sorte não conheço a língua dos cães, assim suporto seus latidos em horas inoportunas. A casa é uma prisão intransponível, tenho dó dos bichos que enfrentam nossas trincheiras, eles nunca permanecem vivos por muito tempo. Olhei pelo buraco da fechadura e pude ver a casa de bonecas no fundo do cômodo, naquele quadrilátero de fantasmas, isso me deixou furioso. A infância tinha terminado havia séculos, entretanto, os brinquedos, embora inválidos, continuavam ocupando um espaço que deveria ser sagrado. Nunca entendi a forma como o Ocidente trata a matéria, a sua total incompetência e temor em relação às coisas inanimadas. Eu não queria, contudo, ela insistiu tanto que não vi outra solução a não ser concordar, ela me convencia das coisas mais abjetas. Eu não sei em que momento exatamente ela começou a exercer esse poder sobre mim, contudo, pouco fiz para dissuadi-la. Havia certa preguiça em assumir o controle total das minhas tragédias. A atitude alheia me poupava de tomar medidas drásticas. Considero uma virtude ser subjugado sem se debater febrilmente. O touro é degolado e não solta nenhum grunhido, a despeito do seu peso descomunal. Eu não era um animal grande nem robusto, não provocava nem raiva nem dó, era um ser rastejante e irracional, porém, apesar de agonizante, era silencioso e as minhas vítimas morreram sem fazer escarcéu. No começo apenas sussurrou nos meus ouvidos sobre a inveja dos vivos, o olho gordo, o mau olhado, a necessidade urgente de se benzer, de fechar o corpo, ao longo dos dias o seu discurso foi mudando de dimensão e passou a instaurar uma lógica singular. Eu gostava da forma como os objetos e as situações se transformavam no caminho percorrido entre o seu palato e seus lábios, entre seus pulmões e sua traqueia, em outras bocas, os fatos eram costumeiros e vulgares. Ela possuía um jeito lúdico de me entreter, mesmo quando as notícias não me eram favoráveis. Falou com convicção que o povo desde o começo da humanidade temeu mais o mundo dos vivos do que o mundo dos mortos. Alegou que não podíamos ter a audácia de dividir o espaço com os vivos, não tínhamos esse direito. Não havia relatos de um convívio pacífico. Não devíamos colocar Estevão nessa conta, sabíamos muito bem que se ele não fosse feio feito o Diabo jamais nos aceitaria com benevolência. Aliás, não sei se Estevão compreendia com exatidão a nossa condição peculiar. Nunca discutimos a respeito disso, provavelmente porque os pobres são suficientemente servis para não indagar sobre nada. Os vivos não suportavam o odor de carne decomposta, além disso, com certeza as baratas denunciariam a nossa presença e isso poderia causar problemas incontornáveis. Você imaginou o que eles fariam se constatassem a nossa presença¿ Minha barriga sofreu um leve desarranjo. Recordei vagamente das coisas do passado. Seríamos enforcados novamente, você até parece que se esqueceu da fúria incontrolável dos homens. O ódio está sempre procurando bodes expiatórios. Dê armas aos homens e verá o tamanho do estrago. Os homens mais pacíficos matam por nada. Claro, eles fingem um motivo, inventam uma história ou uma loucura repentina. No entanto, sabemos que é apenas vontade de barbárie, procuram um ladrão de sardinhas para lincharem sem culpa na consciência. Por que acha que os ditadores alcançam o poder¿ Porque os homens precisam de alguém para fazer o serviço sujo. Não podemos continuar nos arriscando, você está virando um pateta, o que aconteceu¿ E os corpos¿ O que faremos com os corpos¿ Não podemos escondê-los por muito tempo. Os anos de confinamento comeram seus miolos¿ Você não consegue estender um lençol com eficiência, tenho que reparar o tempo inteiro os seus serviços, como se fosse uma criança retardada. A sorte é que Estevão é um homem incansável. Tiramos na loteria no dia em que ele bateu à nossa porta e você ainda tentou escorraçá-lo. Fui até a prateleira e tirei uma chave de dentro de um bule, ela me olhou enviesada. Pobre homem tolo esse meu! Conhecia tão bem esse olhar que nem precisava vê-lo, bastava imaginar. A convivência prolongada tira totalmente a graça do diálogo, é tão fácil supor a próxima frase, a colocação das vírgulas e dos pontos, poderia com facilidade ser seu ventríloquo, quem notaria¿ Não tentei contrariá-la, tempos anteriores já tinha feito isso, o resultado com certeza não era nada agradável, algumas pessoas simplesmente não aceitam ser contestadas. Além disso, as mulheres também matam por nada. Não precisaria de um motivo. Continuei olhando fixamente o seu rosto. Havia tanta beleza escondida no seu rosto! Quantos ancestrais foram necessários para sermos quem somos¿ Eu não fazia ideia de quantos membros foram feitas minhas mãos. Já o rosto dela não possuía um contorno preciso, semelhante a um quadro que não tivesse sido devidamente terminado. Um pouco desastrado, acabei virando a xícara de chá no seu vestido, isso a enfureceu ainda mais, pois via minha atitude como uma afronta. Claro que ela estava equivocada, não faria nada para enraivecê-la. Nenhum gesto partido de minhas mãos possuía esse intuito nefasto. Pelo contrário, domava meus instintos para vê-la com as feições descansadas. Aliás, está aí uma atitude impensável, enfurecê-la, jamais precisaria de algum artifício para tirá-la do sério, isso ocorria naturalmente, bastava eu abrir ou fechar a boca por tempo suficiente. Resolvi desencaixar calmamente as orelhas e colocá-las ao lado da xícara desocupada, embora não contivesse mais nem um pouco de líquido subia um cheiro forte de jasmim. Lembrei que deveria plantar mais jasmins, pois eles não eram de bom trato, morriam facilmente. Talvez devesse deixar Estevão encarregado dessa missão, pelo menos se a planta não sobreviver não me sentirei tão culpado. Não ousei dividir o meu pensamento, ela consideraria que fazia pouco caso do seu assunto. O cheiro continuava forte. Talvez não viesse da porcelana, mas da dama-da-noite em frente à casa. Gostava de imaginar que se não tivesse um bom ofício com certeza me tornaria um excelente jardineiro, eu realmente me dava bem com as plantas, nossas energias batiam, além disso, elas eram caladas, sabiam se impor, mas não necessitavam dessa verborragia tola dos humanos e dos papagaios. Eu tive um papagaio na infância, felizmente ele sofria de algum tipo de idiotia e não aprendeu a pronunciar nenhuma palavra. Voltei a meditar sobre as suas justificativas, um tanto quanto contrariado. A sua alegação me pareceu no mínimo incabível. Além disso, tomava os vivos como meros idiotas, isso não era justo, afinal, um dia também fomos um deles, não que isso servisse para redimi-los. Afinal, eu não era um exemplar de vida admirável. Ela continuou falando em um tom alto, constatei pela forma como subia e descia os maxilares e pela forma como a saliva esguichava das suas mandíbulas, já que as minhas orelhas continuavam descansando ao lado da xícara desocupada. Pensei que as orelhas continuariam descansando por uma par de horas. Isso não era de forma alguma sinal do meu desprezo pelo tema da sua conversa. Os vivos jamais deixariam de responder aos impropérios e este fato os torna infinitamente piores do que nós, não que isso seja uma competição. Há anos os moradores deixaram de nos procurar, apenas um ou outro viajante desavisado batia à porta da pensão. Havia mais de vinte cômodos abandonados, o que tornava ainda mais absurda a ideia de mudarmos para o piso inferior, como se estivéssemos contaminados pela peste ou fossemos alguma espécie peçonhenta. Não me acostumaria a espaços limitados, estava habituado a abrir os braços e não encontrar resistências. No entanto, me enfastiava prosseguir em um diálogo estéril. Por outro lado, observá-la movendo os músculos repetidamente me divertia. As pessoas eram tão barulhentas, isso me cansava. É difícil compreender por que os homens são dotados de uma boca e duas orelhas, a anatomia me intrigava, talvez seja apenas uma questão de estética e não de funcionalidade, pois eles falam demais e escutam de menos. A minha língua formigava dentro da mandíbula. Contei pela milésima vez a quantidade de flores contidas no papel de parede. Prestei mais atenção aos ruídos provindos das caixas vazias e dos móveis antiquados. Me intrigava o escarcéu das coisas inanimadas, o silêncio absolutamente não existe, quem inventou esse conceito ilusório¿ Um samovar de prata pendia inútil em um gancho do lado esquerdo da parede. Fui até a cozinha e encaixei novamente minhas orelhas, não que tivesse a intenção de escutá-la, suponho que ela nem tenha se dado conta desse movimento premeditado, pois não esboçou nenhuma reação. Sim, é verdade, eu poderia argumentar e os argumentos povoavam com facilidade o meu cérebro, porém ela desmontaria todos eles, e a sua vontade prevaleceria. Era inútil prolongar um desfecho inevitável. Você sabia que os carrapatos habitam a Terra há mais de noventa milhões de anos e que eles podem permanecer mais de dezoito anos em forma de ovo¿ Mas, por que eu me lembrei disso¿ Ah, sim, por causa dos argumentos e das ideias, elas poluem o meu cérebro, não posso evitar... E isso não tem a mínima importância para ela. Em menos de duas semanas todos os nossos objetos estavam no porão e meus olhos já começavam a se acostumar com a escassez de luz e a ausência de ruídos. Os músculos, devido ao desuso, começavam a se atrofiar, e eu duvidava da onipotência das minhas vértebras, será que as almas eram invertebradas¿ Sentia falta de me olhar no espelho, quase não recordava a profundidade das minhas linhas de expressão. Começamos a nos assemelhar mais às toupeiras do que aos homens, e as toupeiras eram animais cegos e horrendos, extremamente brancos, trombávamos com os móveis sem vida, quase atravessávamos as paredes. As assombrações me impressionavam porque elas ignoravam a função primordial da arquitetura. Também me comoviam pelo pavor que imprimiam aos vivos. No entanto, eu ainda não podia ser considerado uma alma penada. Minha bexiga estava pesada, foi impossível segurar, um jorro de mijo manchou o tapete empoeirado. Continuei andando em círculos, como um gato que se distrai com o próprio rabo. Um fio translúcido tomava parte do teto em ruínas, em um ângulo torto pulsavam vidas em minúsculos novelos brancos. A composição de dedos não-humanos me fascinava. Gostava de imaginar as falanges cadavéricas dos fantasmas e dos aracnídeos. Eu me contorcia, entretanto, a cólica se alastrava pelo meu rim esquerdo, uma duas três, da última vez a radiografia constatou três pedras descendo pela uretra. Fiquei imaginando-as percorrendo as veias do meu pau, senti um arrepio. Retomei o juízo e me pus de pé novamente. O velório íntimo tomava conta da escuridão da tarde. Tanto tempo depois e ela continuava tão estática quanto antes. Ela continuava tão deslumbrante quanto antes. Estevão estava tão boquiaberto quanto eu, não sabia exatamente o que se passava pela cabeça dele, mas com certeza admirava a beleza de Augustina. Mudinha não falava nada, não tinha herdado esse dom funesto de bruxas e mulheres, emitia alguns grunhidos medonhos e continuava com aquela feição abobada de burro xucro. Ester estava deslumbrante. Odiava quando ela se calava, eu podia ver atrás de suas têmporas os insetos ruminando tempestades dentro da sua frágil caixa craniana. As mulheres eram seres de grandes proporções. Se eu nascesse mulher estaria fadado à morte prematura ou ao tédio incurável. Como as mulheres conseguiam sangrar em vida sem se descabelar¿ Imaginar o sangue vertendo das minhas entranhas e se escoando no ralo me dá vertigens. Pensava nas cigarras silenciosas repousando embaixo da terra para depois germinar. Prestei atenção nas suas orelhas, estava faltando um brinco no lóbulo esquerdo, além disso, ele estava distendido, provavelmente porque Estela gostava de usar brincos grandes e barulhentos, embora eu já a tivesse alertado que poderia perder parte da orelha por causa dessa mania. Depois me atentei para a sua maquiagem, parecia perfeita, ainda que eu não entenda nada sobre esse assunto, o perfeccionismo me causa náuseas, prefiro os rostos bem lavados, nos quais se pode contar as imperfeições e os vincos, não havia suor desmanchando a perfeição simulada pelo corretivo e pelo pó compacto, a morte espantara o inconveniente das glândulas, os cílios lhe davam um aspecto um tanto cômico, de mulher de boutique ou bruxa fabricada, achei que também exageraram na cor do blush. Quem escolhera¿ Com certeza alguém de muito mau gosto. Reparei que apesar do excesso algumas sardas denunciavam a sua antiga feição e isso a tornou um pouco menos plástica. As sardas a tornavam menos superficial e mais telúrica. E isso me apavorou. De repente, percebi que ainda era capaz de amá-la! Embora tal tarefa tenha se mostrado inútil. Sim, eu poderia possui-la agora mesmo, sem remorsos, em meio às velas e às flores. Quem me impediria¿ Ou poderia cavar a terra ao redor do seu corpo desfalecido até encontrá-la. Dei dois passos à frente para certificar-me de que ela continuava a sua passagem para o outro mundo. Acabei me lembrando de um velho amigo que vivia repetindo: um passo à frente e não está no mesmo lugar, o coitado se achava um gênio por repetir essa frase fuleira aos desesperados e aos perdedores, terminou os dias trabalhando como motorista em uma funerária. Talvez a sua frase preferida tenha sido de alguma serventia. Cheguei mais perto e soprei com cuidado seus supercílios. Os movimentos delicados a surpreendiam. As pálpebras, embora arroxeadas e aparentemente mortas, se moveram lentamente. Fiquei com o ar preso na traqueia, esperando uma reação desproporcional. Me lembro bem que ela tinha gestos largos e estrondosos, como mil copos se quebrando no mesmo instante, não me surpreenderia se ela me levantasse com brutalidade e estalasse, uma por uma, as minhas vértebras. Como ela costumava afirmar, eu era versátil. Homens e cães são versáteis, ainda que os cães tenham menos dificuldade em lidar com as paixões, pouco se importam com a subserviência. Eu não aprendi a controlar a maioria dos meus impulsos, acabava me rendendo a todos eles. Estar vivo, não era isso¿ Dar vazão aos sentimentos mais loucos¿ Quanto mais velho eu ficava, mais me certificava que não estava no distinto grupo dos escolhidos. Quem, afinal, estava¿ Tentei me adaptar na infância, corria atrás dos meninos e me colocava em pé na frente deles, eles não me reconheciam como parte da turma, acabava afastado em algum canto do colégio, olhando para a fúria descontrolada dos inspetores, eles nem me olhavam, por muito tempo achei que eu fosse invisível, mas acho que era só insignificância. Não consegui resultados melhores na adolescência, não tinha amigos, não andava em bandos, não tomava porres, não colocava alargadores nas orelhas, não comia as meninas vadias, tampouco comia as meninas de família, não participava de revoluções para acabar com a fome na Etiópia ou em Marraquexe. Os meus mortos de fome estavam bem mais próximos, assim mesmo nunca lhes prestei auxílio. Não era capaz de controlar a fúria do meu próprio estômago. Imaginei que a vida adulta me traria algumas vantagens, todo homem cai nesse conto da carochinha, não trouxe nenhuma, continuava como um peixe cascudo nadando de costas no deserto. A única vantagem foi perceber que a maioria dos homens era oco por dentro, os homens eram parecidos com aqueles ovos de Páscoa, muito suculentos por fora, mas vazios por dentro. Seguia uma matilha e pensava, essa sim foi uma raça que deu certo. Sentia uma espécie estranha de vergonha quando olhava no espelho e via que tinha o tronco ereto, um par de braços, um par de pernas e um par de olhos pequenos e escuros. Olhei para baixo e percebi que as minhas calças tinham perdido o vinco. Como pude me vestir com tanto descuido¿ Não sei por que isso começou a me incomodar tremendamente. Eu era avesso às convenções. Nunca me vesti como esperavam, era sujo e desleixado. Tentei forçar uma marca com a fricção dos meus dedos sobre o tecido, mas tal atitude se mostrou inútil, só fez com que o tecido se amassasse ainda mais. Quase todos os homens que eu conhecia mantinham as calças impecáveis, intuo que faziam isso na intenção de me afrontar, de jogar na cara o meu desleixo e minha desimportância social. Afinal, um homem que não cuidava com zelo do próprio guarda-roupa não merecia atenção. Sim, eu era o que denominavam de zero à esquerda. Consigo escutar os risos deles ecoando pelo jardim, eles fazem parte dos primatas que dedicam seu tempo livre em aparar a grama e levar os cães para passear, essas tarefas fazem com que se sintam superiores aos outros de sua espécie. Seria mais sensato se os cães levassem os homens na coleira. Não posso me furtar ao prazer de imaginar uma espécie inteira sendo conduzida por seus cachorros, pleiteando o mesmo poste para urinar, disputando o prazer furtivo de uma cadela no cio. Há quanto tempo mesmo eu já não me importava em observar as pequenas coisas¿ Temos o péssimo costume da megalomania, normalmente ficamos escondidos, agachados atrás da moita, à espera de um grande prêmio que nunca chega, acusando o vizinho por surrupiar a nossa sorte ou culpando-o por ter jogado olho gordo em nossos projetos. Não fomos feitos para lidar com nossos fracassos. No entanto, fracassamos todos os dias. Onde estão os frutos do mar¿ Com certeza no prato de algum homem bem sucedido. Não sei, tenho a impressão que as pequenas coisas têm a função de nos manter conectados com o resto da sociedade, os vincos nas calças, os sapatos engraxados, o cinto ajustado abaixo da cintura, o abdome com uma circunferência nem grande nem pequena, muito grande daria a impressão de um homem descuidado e preguiçoso e muito pequena daria a ideia de alguém obcecado pela boa forma, o relógio indicando a hora correta, ainda que não tenhamos nenhum compromisso firmado, o cumprimento seco e tolo: *tudo bem e você¿* Como posso perguntar algo que não estou disposto a escutar¿

Não me interrogue por mera educação. De repente eu posso ter um tipo de distúrbio de fala e te contar toda a minha desgraça. Por isso, admiro a ausência de conversas entre os lobos. Como posso pronunciar duas ou três palavras e sair correndo, certo que fui educado e polido¿ Quantas vezes em total desespero e solidão fizemos de estranhos nossos confidentes mais íntimos¿ Quantos monstros soltamos em cima de meros espectadores¿ Esperamos aflitos um retorno, mas a catarse não vem. Engraçado, apesar de tudo isso, a maioria das vezes eu não me lembrava de perguntar pelos familiares quando encontrava um velho amigo, talvez, por este fato, alguns me chamassem de excêntrico e outros de louco. A verdade é que não era excêntrico, tampouco louco, eu simplesmente não me importava. Existe alguém que se importa¿ A retórica é apenas uma arma. Eu juro que tentava, não fazia com o intuito de provar minha superioridade ou por esnobismo (na realidade eu invejava as pessoas que tiravam assuntos improváveis e idiotas da cartola, em determinada época até tive a pachorra de anotá-los em uma caderneta de assuntos aleatórios para utilizar quando fosse necessário, o preço dos medicamentos, a alta do consumo de chocolates, as chuvas de janeiro, as enchentes, a volta da leishmaniose, a infestação de carrapatos responsáveis pela febre maculosa), as coisas razoáveis nunca passavam pela minha cabeça, quando um assunto me aparecia ele nunca era apreciado pelos meus interlocutores, logo eu desistia de compartilhá-lo. Jamais fui capaz de manter um diálogo banal, mas me esforçava, no entanto, acabava comentando sobre a possibilidade de chuva em dias nos quais, era óbvio, não cairia uma gota de água do céu, ou reclamava do frio em pleno sol a pino, ou pior, comentava que o obituário estava bem interessante naquela manhã. As pessoas torciam o nariz e me tratavam como um lunático. A empatia não era o meu forte. Ainda assim, eu era mais lúcido do que a maioria dos homens da minha estirpe. Quando nada funcionava afirmava que estava parando de fumar há exatamente duzentos e vinte e um dias e duas horas, logo eu, que nunca coloquei um cigarro na boca. Nessa hora elas eram bem amáveis, a desgraça alheia é um prato cheio para os pecadores executarem uma boa ação, todas tiravam da manga uma palavra de consolo e de determinação, afirmando que deveria seguir firme em meu propósito. Por alguns minutos eu mesmo chegava a duvidar que nunca tivera o vício do tabaco. Olhava meu dedo indicador e enxergava o amarelo da nicotina. Algumas vezes, tentando exercer a minha solidariedade, caí na tolice de perguntar a um amigo sobre um parente morto, tendo a plena certeza de que ele estava com saúde para dar e vender. Mais desconcertado ficava quando o suposto amigo começava a explicar o motivo do seu luto, me concentrava e fazia uma cara de lamento, ou pelo menos, achava que fazia, confesso que tinha vontade de sacar um espelho dos bolsos e verificar se meu rosto estava realmente convincente (ainda acho que se pudéssemos olhar para a nossa fisionomia enquanto falamos evitaríamos muitas desgraças desnecessárias e teríamos amigos mais leais), minhas nádegas coçavam, começava a me mexer feito um menino em cima do formigueiro, minha boca tremia, sentia uma vontade incontrolável de piscar e uma piscadela faria da minha expressão séria algo um tanto cômico, nunca me importei com mortos que não se sentassem a mesa para repartir comigo o mesmo escasso alimento. Como poderia dispensar lágrimas diante de uma mandíbula que nunca vi mastigar? Nunca chorei por um morto de cujo peido não senti o cheiro. Eu não era um homem frio, eu era um homem prático, do tipo que faz contas e usa vírgula e cifrão. Não tinha estômago para manter uma encenação por mais de cinco minutos, não era um encenador, as máscaras me entediavam, eu começava a piscar sem parar, ter tiques e não era capaz de decorar as falas certas. Não era habilidoso para estalar os dedos e distrair os espectadores do desfecho. Todos esperavam em vão. Não entendia como uma pessoa podia sinalizar o bem estar de outra, já que somos uma espécie interesseira e egocêntrica, um macaco não divide sua banana, o estado de espírito de outro homem não nos diz respeito e diz menos ainda sobre este outro homem. Não posso me lembrar de um único episódio em que eu tenha lamentado a sorte de um conhecido. Entretanto, me lembro perfeitamente de ter dito foda-se para uma centena de amigos que me solicitaram ajuda. Me arrependi mais tarde em meia dúzia dos casos. Coloquei a camisa para dentro da calça, arrumei o nó na gravata, detestava usar ternos, detestava disfarçar o meu odor de animal xucro com perfumes sofisticados, mas sabia que em algumas ocasiões era bom se fingir de burocrata, eles eram encaixáveis nas engrenagens, aliás, a impressão que dava é que eram feitos conforme as peças das engrenagens, silenciosos e eficientes ao Estado, por isso, nunca sofriam verdadeiramente, não tinham problemas existenciais, não tinham grandes dívidas no banco, emprestavam dinheiro a juros altíssimos, pois sabiam que os desajustados pagariam qualquer coisa, talvez apenas as unhas encravadas ou o dedo mindinho torto os incomodassem, eu não, sempre estive à parte de qualquer coisa, de qualquer conveniência, de qualquer esquema, não tinha noção de conjunto, tudo me soava ímpar e solitário, como um sapato perdido na enxurrada. Eu não me orgulhava disso, longe de mim desejar atravessar paredes, simplesmente as coisas se deram desse modo. Aliás, chorava durante horas quando percebia que o mundo inteiro estava confortável em seus cubículos de merda, enquanto eu esperava mais e mais da existência. Se ao menos tivessem me forjado na crença de um salvador, mas não, nasci atravessado, já desperto para todas as catástrofes. Não me conformava com a utilidade vazia dos objetos. É como se eu precisasse de uma máquina potente para me tornar preciso, aparar todas as arestas, no entanto, isso não parecia conveniente a ninguém. Quem perderia tempo com um desajustado¿ Além disso, não ficava bem ser visto junto a um ser desses, podiam considerar que também estava querendo sair fora do sistema. Diferente do que pensei, ela continuou quieta. Talvez porque também não queria desperdiçar comigo o seu verbo, ela tinha essa mania feia de se calar quando queria irritar, ou talvez emudecesse porque nunca tenha aprovado o meu modo de vida, prepotente, sim era isso que ela costumava me dizer, achava que não me misturava com os outros por puro egoísmo. Ela não compreendia que não era uma opção ou convicção de vida. *Sim, eu sei o que pensa, não quer ser cúmplice dessa humanidade patética.* Longe disso, quem me dera ser tão patético quanto eles! Esperar um banho frio no final do dia e um café quente no início da manhã. Jamais tentei ser uma agulha no palheiro, preferia mil vezes ser a palha, ali, quieta, invisível, camuflada entre tantas outras. Acha mesmo que sinto orgulho de ser um homem andando por aí com pés de pato e orelhas de elefante¿ Será que nunca passou pela sua cabeça que eu gosto da invisibilidade e da transparência¿ Não me causa gozos múltiplos ter o dedo apontado a todo instante na rua. Por um motivo ou sem motivo algum me encontrava nos desvios. Já reparou quantos bichos podem habitar uma rachadura na parede¿ Será que você pode exigir que eles se exponham ao sol feito lagartos¿ Além disso, fui despejado nesse antro – um feto feio e cabeçudo – adiantaria alguma coisa negar o mundo¿ Alguma vez te chamei para uma guerra sem vitória ou para uma revolução perdida¿ O mundo estava aí, com todos os seus desajustes, era preciso encará-lo, não havia fuga possível. Eu não tinha culpa que as coisas não saíram da forma que imaginava, as coisas crescem ao seu próprio modo. Você falava tanto sobre a importância da leveza, no entanto, era da boca para fora, você era densa, pesada. Não podia viver para agradá-la, mas podia evitar a briga. Era um método antigo e costumava funcionar, passei a imitá-la mentalmente. A cada novo xingamento uma nova mímica mental. Ser você era uma tarefa interessante, mas cansativa. Não era minha intenção irritá-la, por isso, resolvi abaixar a cabeça e me calar. Eu me sentia confortável nessa posição de subordinação. O silêncio me incomodava, assobiei, tentei reproduzir através do sopro uma canção conhecida. Era impressionante como nossa boca podia se transformar em um eficiente instrumento musical. Ela gostava de música, apesar de não conhecer o nome de nenhuma. Ela não se mexeu, não considerei sua atitude um ato esnobe, embora ela em vida tenha me parecido um ser suspenso[1], como se tivesse vergonha de fazer parte da pobre condição

1 Entretanto, ela fazia questão de alertar que toda a espécie humana era suspensa por um tipo de linha frágil e puída, podíamos fingir demência, porém, ao menor descuido, despencaríamos como frutos podres, ninguém era imune à lei de Newton.

humana. Por acaso, alguém se orgulhava¿ Ela admirava a plasticidade e passividade das bonecas, mas não tinha paciência para tanto. Não tenho o direito de julgá-la, eu nunca me senti em casa tendo que andar com a coluna ereta e com os joelhos semi-flexionados, caber na vida é tarefa para os idiotas, apenas os insossos se encaixam perfeitamente nesse sistema falido, armando planos mirabolantes de futuro e seguindo planilhas, nós, os outros, estamos constantemente à espreita, tecendo incoerências, vigiando o guinchado mórbido dos ratos, o voo caótico e ingênuo das baratas, do outro lado do muro ou quem sabe emparedados, outsiders. Não suspeito que seja algo lógico levantar todas as manhãs, embaralhar os ponteiros estéreis e eretos do relógio, assassinar a memória das madrugadas, fazer força para que o amor se sustente com suas pernas frágeis e bambas, arrumar as camas e desarrumá-las após noites de sono pesado e sexo parco e ainda assim manter o pau enrijecido [quem me dera dormir todas as noites com putas, as putas evitaram que uma nação inteira de homens psicopatas vingassem, as revoluções dos homens tolos acabam depois de uma foda bem dada, foi assim que descobri os campos minados na China e desarmei as bombas que trazia comigo]. Vejo mais sentido na inconsciência bruta dos animais, nos seus urros roucos, nas suas lutas por acasalamento e comida, no seu sono absoluto, nas suas covas fundas para enterrar ossos mortos. Vejo mais beleza na cópula mórbida das aranhas, nos ninhos vazios e nos fogos de artifícios para brindar um novo ano. Andei devagar pelos cômodos escuros, acompanhando a música fúnebre que saía das lajotas gastas. Como era solene estar ao lado de um corpo em que todo o ar fora desalojado. Escutava baixinho ecoando o som do ooommm. Cheguei mais uma vez ao seu lado, olhei o seu peito, escutei um chiado, pensei naquelas pequenas caixinhas de música onde uma bailarina girava, fiquei mais atento, depois escutei um grunhido quase inaudível, gostava quando grunhia, isso te aproximava dos animais ferozes e te distanciava das mulheres comuns, e você sabe, não gostava de pessoas comuns, elas me entediavam. Escutei uma sílaba breve, imagino que ela estivesse pronta para o diálogo, foram anos e anos de espera, sabia que um dia ela sairia da inércia e me responderia, ainda que em parábolas, ainda que as respostas não me agradassem ou não suprissem a sua insuficiência, nada amenizaria a sua falta. Ninguém poderia ocupar um espaço tomado pelos seus ecos. Nenhum animal doméstico poderia substituir os seus afagos, faltaria aos animais a sutileza de como escorregava as unhas pelas minhas costas frias. Nenhum bicho poderia preencher as lacunas das paredes esvaziadas. Nenhum cão ladraria para disfarçar o silêncio do quarto lacrado. Nenhuma noite bem dormida conseguiria acabar com as olheiras que consumiam meu olhar. Era inevitável, eu te esperava, pacientemente eu te esperava.

Como as crianças bobas esperam os seus peixes abrirem e fecharem a boca nos minúsculos aquários. *As decisões nunca são tomadas sozinhas. Não queira se isentar da responsabilidade da escolha. Eu não me calei sozinha e nem por vontade própria, afinal, minha verborragia sempre te assombrava. Meu verbo era lâmina e você não estava disposto a macular sua pele. Não se faz omelete sem quebrar os ovos. Esse era um ensinamento prático, não era¿ Não era você que vivia repetindo sobre os benefícios de ser um homem prático¿ Mas, você queria se envolver e ao mesmo tempo estar confortável em sua blindagem. Ninguém entra no campo de batalha se não estiver disposto a ter os membros amputados. Será que era tão difícil entender¿ Foi você que nunca quis conversar, considerava que não podia haver relevância nas falas longas e circulares das mulheres, achava que um café cairia melhor e eu trazia o café, em silêncio. O quê, além do silêncio era meu campo de pertencimento¿ Talvez o meu corpo¿ No entanto, meu corpo era terra tomada. Quantas trincheiras foram armadas dentro da fragilidade dos meus orifícios¿ Quantos soldados foram mortos sob minha desordem¿ Quantas mulheres se mataram embaixo das minhas mandíbulas¿ Quantas crianças órfãs se exilaram sobre minhas mucosas¿ Havia uma ordem secreta¿ Havia uma lei que pudesse ordenar minhas desgraças¿ Havia uma reza que me absolveria¿ Havia uma outra vida embaixo dessa vida¿ A sua boca poderia evi-*

tar os extermínios¿ Você nunca esteve dentro do seu campo de domínio. Estrategicamente fora. Porque o mundo era um esquadro e você não podia lidar com ele. Mentira! Como pode fingir tanto¿ Como pode falar de mim como se falasse de um estranho¿ Eu estava ao seu lado o tempo inteiro, tanto que minha carne se confundia com a sua carne, minha boca com a sua boca, você está sendo ingrata, como o habitual, isso nem me assusta mais. *Sim, é verdade, você estava lá, a matéria tem essa estranha magia de preencher falsamente os espaços, você estava lá como estava lá a estante, o rádio, o criado-mudo, a cama, o abajur apagado, os vermes desmaiados debaixo da terra. Os átomos têm formas diferentes de se agrupar, mas realmente não há grande diferença entre um homem e um pedaço de madeira maciça. A omissão se esconde atrás de muitas máscaras.* Eu fui o melhor homem que eu poderia ser. Não podia operar uma máquina desconhecida, isso estava fora do meu alcance. Um homem não pode querer ter a dimensão de um Deus. *Sim, e isso foi tão pouco, bem menos do que eu precisava. Humano, demasiadamente humano.* Utilidades, sim, esse era o seu problema, você queria que eu te servisse, como uma tigela ou uma forma em que se abriga perfeitamente o alimento depositado, mas um homem não tem medidas, ele é ou não é. *Você não foi.* Mas, eu ainda estou aqui, fazendo o inventário das tralhas que deixou. Você acha isso pouco¿ Quem mais faria isso por você¿ *Você sabe que a disciplina e o preço dos objetos nunca me interessaram, pelo menos deveria saber depois de tantos anos juntos. As coisas abstratas me interessavam mais.* Sim, isso é verdade, você não gostava das burocracias, no entanto, elas existiam, alguém precisava arcar com as coisas práticas, com a aritmética das coisas inválidas. *Sim, tinha esquecido que a minha abstração te custava caro.* Eu não te cobrava nada. Nunca ousei te cobrar nada, embora os cálculos passassem pela minha cabeça. Ou você acha que as pragas são exterminadas sem sacrifícios¿ *Sabe, eu acho que poderíamos ter dado certo. Em algum momento...* Tivemos momentos bons. *Faz tanto tempo... juro que não me lembro mais.* Sabe, foi você que deixou o desejo escapar. *O desejo não existe, nós o criamos para ter algo com que brincar, para não nos entediarmos com a estupidez da existência. E existe algo mais estúpido do que ter nascido homem ao invés de pedra¿* Não criamos o desejo, ele existe ou não existe, o resto são subterfúgios, conversa pra boi dormir. Não tente me ludibriar com palavras empoladas. *Você já viu um gato caçando uma mosca¿ Ele faz isso porque não tem outra distração, ou ele caça se desviando do tédio ou dorme para aplacar o tédio, ele não deseja verdadeiramente a mosca, apenas quer caçar, a mosca é uma desculpa.* Ele caça porque deseja a mosca. *É obvio que não, e é fácil provar isso, o gato não come a mosca, o seu pote de ração está cheio.* Não somos gatos e também é fácil provar isso, não caçamos moscas e não comemos rações em potes. E sim, embora finja não concordar, desejamos, as pessoas comuns desejam, os homens ordinários fodem. *O desejo não passa de um cadáver gordo, um grande homem morto, inútil e pesado, nunca poderemos alcançá-lo.* O desejo é a única coisa que vale a pena, não existe utilidade ou inutilidade dentro do desejo, não precisamos transportar esse grande defunto, é ele que nos move e não o contrário. *Então, talvez o desejo tenha desistido de me mover, há anos não sinto nada.* Não sabia que me odiava tanto, pensei que restasse algo. *Eu não disse isso, eu não te odeio, como eu poderia ter um sentimento tão potente¿ É bem pior que isso, eu não sinto nada, nada, é como se todo o meu corpo estivesse adormecido. Eu não nasci pedra, eu me tornei pedra.* Preferia que me odiasse e fodesse comigo sem se preocupar com questões metafísicas. *Fode bem somente aqueles que não têm a mente depravada de questões transcendentais, talvez eu não goze nunca mais, nem com você nem com ninguém. Eu sou isso que pode ver, um defunto inchado e anestesiado, bem antes dessa morte oficial, eu já era isso, um corpo pacificado. Morrer foi sem dúvida nenhuma a melhor coisa que me aconteceu em anos. Sabe, uma aranha só tece suas teias porque ela supõe a existência da presa, sem presa não haveria nem o pensamento da aranha, a ausência da presa aniquilaria a aranha.*

CARTA NÃO ENVIADA A UM VENTRÍLOQUO

Vamos, não tenho a tarde inteira para te banhar, às vezes, desconfio que está paralisada nessa cama para me enxovalhar. Não duvido que esteja fingindo, você é uma víbora, seria capaz de qualquer estardalhaço para ter atenção exclusiva! Tenho muita coisa para fazer, não me resta tempo para lidar com as suas bobagens! Me recuso a perder minha vida girando suas ampulhetas, se não está suficientemente viva para me espancar, me esqueça, não posso perder tempo com cadáveres. Aos mortos, os torrões de terra! Minha língua não pode ficar parada na envergadura solitária das mandíbulas, preciso de músculos sólidos para mastigar. Você costumava se gabar que o coração era um músculo estriado e agora ele quase não bate no seu peito, já não serve de alimento nem aos cães de rua. Não tenho pena, esse é um sentimento comum aos fracos ou aos que não se doaram devidamente. Você não se importa, eu sei, mas tem uma pilha enorme de louças na pia. Infelizmente, não se divide tarefas domésticas com cadáveres, veja, dura feito uma pedra. Se não bastasse a dor crônica nas minhas costas de tanto lamber o chão por onde pisou, agora isso. Você não se cansa de me perturbar¿ Pensa que não vejo a dissimulação criando raízes nos seus olhos¿ Pensa que não vejo o seu corpo criando podridão pó e penugem¿ Pensa que não vejo os seus mamilos sedentos de saliva¿ Não te darei mais esse prazer. Deixarei as janelas abertas para que os roedores te devorem aos poucos! Nessas horas me arrependo de ter exterminado os criadouros de ratazanas, deveria tê-las alimentado, deveria tê-las feito engordar como porcos na véspera do abatedouro. Agora elas saberiam de cor o caminho da sua boca até as suas vísceras. O mesmo caminho que trilhei por anos a fio. Pois, se eu fosse você não ficaria tão feliz, não pode fugir da minha vontade, agora eu sou a ordem aqui e eu ordeno que me obedeça calada. Não apita mais nada nesta casa. Não pode me tratar como uma cria sua, não sou mais uma cadelinha anêmica que depende do leite das suas tetas. Agora seu corpo se assemelha a uma terra de desnutridos e quando a terra está contaminada é inútil adubar. A sua doença me deu a carta de alforria, esqueça a essência de rosas na sua água, esqueça os óleos aromáticos, não limparei mais a louça que te alimenta, nem perderei meu tempo fazendo figos em compotas ou triturando o tempero para ficar na consistência exata do seu perfeccionismo. Não colocarei arruda atrás da orelha para evitar teu infortúnio. Não trocarei os sachês das samambaias. Não descascarei as laranjas verdes nem as partirei ao meio. Não colocarei as flores de jasmim ao sol, elas apodrecerão antes de secar. Deixarei os carrapatos infestarem os cães, não mais os esmagarei com as unhas dos meus polegares para evitar uma proliferação incontrolável, deixarei os carrapatos vivíssimos, depois os colocarei para velar seu sono de morta. Não te ensinarei receitas de inseticidas caseiros. Não contarei mentiras minuciosas para te divertir. Não contarei sobre as excentricidades dos vizinhos novos. Não rasgarei mais a planta da casa para que se perca nos cômodos escuros e vazios. Deixarei que as traças se alimentem dos seus vestidos, deixarei que os insetos se alimentem dos seus diários, das suas memórias. Não destruirei mais as casas dos marimbondos, deixarei que eles te recepcionem na porta. Não marcarei os dias passados com esferográfica vermelha. Queimarei todos os incensos. Deixarei o lixo da cozinha ser devorado pelos ratos, não cortarei o queijo em pequenos cubos, não armarei mais as ratoeiras, cansei dos velórios fracionados e dos homicídios velados. Não darei mais descarga para me livrar das fezes alheias, serei responsável apenas pela devassidão da minha carcaça. Sinto paixão por alguns indivíduos, de forma, às vezes, até irresponsável, permitiria que um homem me tocasse, entretanto, jamais aceitaria o toque nefasto da humanidade. Eu arranquei o meu útero e com isso a probabilidade de perpetuar a espécie, o útero é um órgão infectado, ele possui o fantasma do homem. Não quero ser um criadouro de monstruosidades. Mas, é possível respirar e não se sentir responsável pelas perversidades do mundo¿ Às vezes, deito, fecho os olhos e vejo uma ilha cheia de assombrações, todas à procura de um corpo perfeito para encarnar, mais fácil seria adotarem a forma dos animais bestializados, dos bodes com chifres exuberantes ou dos touros cansados, esperando resignados o dia do abate. Antes de engatinhar os homens já arquitetaram dois mil planos com a intenção de arruinar os seus semelhantes. E o aleijado da esquina não é diferente. A humanidade não me inspira nem respeito nem piedade. O fato de ser humana não me torna cúmplice dessa catástrofe. Em menos de cinco minutos seria capaz de incinerar os fósseis do mais antigo hominídeo que pisou sobre a terra. Poderia cuspir o tutano de todos os meus ancestrais. Nasci do ventre de cadelas raivosas, mas isso não te diz respeito. Você é apenas um corpo morto que respira. Vamos, continue. Respire e sinta que a casa apodrece junto ao seu cadáver. Vamos, coloque os dedos sobre suas meninges. Nenhuma morte é menos digna do que as mortes nos campos de batalha. As vigas envergam e os cômodos despencam desocupados. A estrutura se parte ao menor estalo. Já não tem importância a falência das portas e as aberturas inadequadas das janelas. As cortinas desmaiam sob a tarde anêmica. Não existe poética nas venezianas fechadas. Se conforme, a morte abrirá as pernas para você a qualquer hora, derramará a placenta gelatinosa e quente sobre as suas genitálias roxas e escancaradas, carpideiras gemerão ao pé do seu ouvido complacentes ao seu desespero, a cera das velas queimará sua carcaça, corvos farão ninhos próximos à cova funda dos seus olhos e você chorará um choro sem lágrimas e sem vida. E eu respirarei aliviada por não ser testemunha ocular do seu desatino. Além disso, eu não lamentaria morrer jovem, com todos os músculos firmes e presos aos ossos, vai me dizer que você acreditou em toda aquela conversa fiada sobre velhice¿ Vai me dizer que você achava que seria bonito se olhar no espelho e ver as rugas deformando seu rosto, vendo a cara cair feito uma manga madura ou uma máscara de bruxa¿ Os homens nos enganam com seus discursos prontos e fora de contexto. Que tolice! Uma velha é só uma velha. As mulheres se tornam decrépitas infinitamente antes dos homens. Eu desconfio que você acabou caindo nos encantos do macho. Começou a crer que um pau entalado no rabo era sinônimo de satisfação, o homem só se importa em calar nossos buracos, estancar o grito que ecoa de nossas bucetas, mais nada. É isso mesmo! Não me olhe com essa cara de desaprovação e deboche! Não me encho de orgulho por estar certa, por adivinhar os seus segredos mais sujos. Antes sua cabeça me fosse uma incógnita, só conhecemos o demônio quando copulamos com ele. Logo você que tentou me impedir de conhecer o descaso e a doença dos homens. E eu preciso te agradecer de joelhos por isso, os homens são semelhantes aos calabouços e aos porões das casas vastas. Encontrar afeto na boca nefasta dos homens é tão improvável quanto enfiar as mãos nas frestas da parede e resgatar os ovos dos insetos. Eu não devia adoecer da mesma moléstia da maioria das mulheres. Perecer como um fruto insólito que se esquece na época da colheita e é devorado pelos pássaros e pelos vermes. A consciência abre fissuras na carne, alimenta pústulas incuráveis, a lucidez é uma praga, verte pus o tempo inteiro. Se os homens não nos obrigassem a conhecer o inferno da lucidez não nos privaríamos do paraíso, viveríamos felizes e lamberíamos umas as outras infinitamente. O conhecimento é um mal irremediável. A ignorância sim era um estado de graça. O único touro feliz foi o primeiro a ser morto no abatedouro, todos os outros souberam da tragédia através dos urros e do cheiro de sangue. Afinal, nessa oficina de desesperados não somos todos o segundo touro¿ Você agia de forma leviana, como se fôssemos afortunadas por termos uma vagina, uma úlcera no meio das coxas – você sabia que um feto de apenas treze centímetros já possui um útero e uma vagina¿ – se sentia superior porque podia matar a criação antes que tocasse as suas trompas. Embora não tivesse tido o privilégio de procriar, era egoísta demais para dividir o próprio corpo com outro ser vivo, ainda que minúsculo e feio. Por que acha que nunca quis engravidar¿ Não venha me dizer que foi por egoísmo ou para não estragar as minhas curvas, você sabe que isso não é verdade, não seja tão ingrata comigo! Você acha mesmo que eu seria capaz de ser responsável por tamanho infortúnio¿ Sei que duvida, no entanto, eu tenho pena dos seres pequenos e enrugados. Não sei lidar com coisas pequenas. O que herdariam da minha carne¿ Um tédio infinito¿ Um aborrecimento incorrigível¿ Um medo terrível e irrisório de baratas e outros bichos voadores¿ Uma ânsia por alguma explicação que justifique essa jornada insana¿ Você bem sabe que meus discursos são vagarosos. Não saberia o que dizer. Não, deixe que outras mulheres lidem com isso. Por que acha que prefiro tanto me divertir com você¿ Somos só nós duas, não é preciso pensar em nada. Poderia ter o homem que quisesse lambendo minha buceta, você duvida¿ Chame qualquer homem aqui e pergunte se eles não dariam qualquer coisa para lamber a minha bucetinha e enfiar pelo menos a cabecinha do pau por cinco minutos¿ Ainda que eles enfiassem apenas os dedos tenho certeza que eles esporrariam fácil fácil... Você sabe o quanto sou quente e como minha buceta é deliciosamente molhada. Assim mesmo prefiro a sua língua a deles. Além disso, as línguas das mulheres são maiores, se contorcem com mais facilidade, são mais ágeis e muito mais macias, parecem veludos encharcados na água. Costumava sussurrar enquanto enfiava os dedos entre minhas pernas, afrouxando aos poucos um lugar que muitos consideravam sagrado – mas não vejo tanta sacralidade em um lugar que cheira a marisco e peixe podre – não queira conhecer o segredo dos *hombres, mujer*, o saco escrotal é um coração às avessas. Depois enfiava os dedos na minha boca, percorria o solo inteiro da minha desgraça, molhava-os com cuidado e os enfiava de novo dentro de mim, como se quisesse esconder as mãos de um crime hediondo e para esse fim utilizasse as bordas do meu útero. E eu me entregava ao prazer com certa reserva. Depois me restava o desterro. É uma puta mentirosa! Está contaminada! Sorte que já não pode me tocar. Vivia se gabando por não ter raízes, no entanto, era tudo uma grande balela, uma farsa, você gostava mesmo é de ser fodida pelo mesmo macho. Agora está aí, infestada de chatos nos pentelhos e no cérebro. Eu quase cheguei a acreditar que você sentia nojo de pau. Não era isso que você repetia baixinho no meu ouvido¿ A tonta fui eu, trazendo agradinhos para você, suspendendo o lençol e te chupando de surpresa. E para quê¿ Veja só no que acabou, uma doméstica falida. No fundo nunca passou de uma empregada também, se considerava superior por ser mulher de um aristocrata sem nenhum tostão no bolso. Dona de uma cristaleira e de um espanador, colecionando bibelôs e xingamentos. Logo você que não suportava seguir ordens de ninguém, dona do próprio nariz e da buceta alheia, babando feito uma cadela atrás de osso. Se soubesse que um pau te faria se curvar tanto... Teria jogado com armas mais potentes. Os meus tiros saíram todos pela culatra. E tudo que está acontecendo comigo é por causa da sua praga, você me confinou na escuridão abismal da fêmea, de modo que eu jamais fui capaz de entender as vicissitudes e exigências do macho. Às vezes, nos raros momentos de afeto, você dizia que gostava da minha companhia, como se essa declaração pudesse te salvar de todas as perversidades. Engraçado, um cão também pode ser uma boa companhia, apesar de ser destituído de fala e poder ser confundido com qualquer cão da matilha. Um gato pode ser uma boa companhia, mesmo com sua língua áspera e sua mania de enterrar a própria merda. O que eu era para você¿ Nada, só uma funcionariazinha de merda, que você usava por capricho ou quando queria gozar pela língua de outra. Mas, toda língua traz o veneno do verbo. A sintaxe da ignorância. Eu te desprezo! Você que vivia corrigindo os meus erros gramaticais mais insignificantes, os acentos, as concordâncias, como se as concordâncias fizessem alguma diferença na totalidade de nossa estupidez, você que me obrigou a deixar de lado a minha língua materna, reinventou os meus hiatos, as minhas pausas, porque rejeitava tudo que não fosse herança de sua própria boca. E da tua boca só escutei notícias fajutas. *Ah, muchacha, como tengo saudade das nossas noches... de las flores pequeñas que crecíam en el mato alto, de los cogumelos que brotaban en la extensión de su cuerpo, de tus orejas atentas tratando de descifrar mis deseos... de las arañas que copulaban en las puntas de sus dedos... de su coño que intentaba albergar un falo que no existía.* Agora falo apenas nessa língua morta que não me diz nada e a repito displicentemente nas noites de insônia. Como posso sonhar fora do meu país¿ Somos apegados às cartografias nas quais imprimimos nossas impressões digitais. Quantos dialetos você acha que uma mulher é capaz de aprender¿ Nenhum. As mulheres se apegam às línguas que descansam no assoalho rústico de suas bucetas. Não aprendemos nada. Não aprendemos a lamentar a desgraça dos vizinhos, é o nosso infortúnio que nos deixa inconsoláveis. Continuamos graças a nossa incomensurável capacidade de esquecer. Esquecemos rostos, esquecemos corpos, esquecemos gestos, esquecemos gozos, esquecemos a caça em busca do primeiro alimento, esquecemos a geografia do país ao qual nunca regressaremos, esquecemos a fisionomia dos nossos antigos amantes, esquecemos o eterno retorno das ondas, as noites de ressaca, esquecemos a mão que nos afagou em uma noite de desgraça, esquecemos o gosto dos seios que nos livraram da miséria, esquecemos o leite que azedou no canto da boca, esquecemos que a nossa risada descende da risada dos primatas, esquecemos que a primeira diáspora é a nossa saída desajeitada do útero, o soluço inaugural é a passagem ao choro desesperado, os primeiros passos o prefácio da queda. A dispersão é apenas o ensaio para o desaparecimento inevitável. Estamos escondidos nos porões das casas abandonadas e a morte está à espreita atrás do balcão de mogno. O cordão umbilical que nos salva é o mesmo que nos enforca antes mesmo do nascimento. Estamos irremediavelmente ligados à tragédia de nossos pais. Não vivemos nem morremos, estamos perambulando nessa letargia. Quantos desgraçados viveram sobre essa mesma terra¿ Não se descabele, há milhões e milhões de anos isso acontece, aconteceu com todos os seus ancestrais, eles fugiram de demônios, de bestas, de monstros do mar e de flores ornamentais, rasgaram as vísceras duras das pedras e desapareceram, agora seus ossos estão por aí, com sorte esquecidos e incrustados em alguma rocha ou se transformando em corais. Desista, não existe mais essa película milagrosa denominada vulgarmente pelos leigos de placenta para te poupar das ruínas do mundo, agora o seu corpo é carne viva. Esqueça as éguas da noite, no inferno não há uma clara distinção entre sonho e pesadelo. Esqueça os palíndromos, eles servem apenas para ludibriar a mente dos lunáticos. Esqueça as desinências que diferem os machos das fêmeas, nenhum gênero te salvará da angústia de estar sob o signo suspeito dos homens loucos. Não se engane, nem os homens nem as mulheres fogem da roda dos desafortunados, não interessa quem pariu, a desgraça paira ruidosa sobre todas as cabeças. Esqueça as classes gramaticais, a instrução não impediu que os verbos fundissem os crânios dos mais fracos. Esqueça a aritmética, ela nunca ajudou os desocupados. Esqueça os vocábulos incompreensíveis, em pouco tempo todas as línguas serão decepadas. Afinal, as palavras estão ao lado dos mais fortes, a mudez não me desagrada de forma alguma. Não coloque mais fogo na fogueira. Em pouco tempo os grunhidos suprirão a necessidade do discurso. Em pouco tempo as bestas devastarão o mundo. Eu abro a boca e já não sinto a minha língua em acrobacias loucas tentando formar um sujeito. Se eu cortar a sua jugular é o meu sangue que jorrará da sua garganta anêmica. Esconda a roxidão que enfraquece as suas falanges e estrangula a sua traqueia. Destrua a cobra constritora que esmaga as vértebras da madrugada. Destrua a casa que sustenta a fragilidade das aranhas. Engula o orgulho, a tua vaidade não fará a noite renascer. Finja que não sente medo. Há um monstro embaixo da sua cama, mas você pode fingir não vê-lo. Vamos, afie as tesouras de jardinagem, os arbustos não são necessários, as flores não são necessárias, os jardineiros não são necessários, toda estética é ornamento vazio. Ninguém precisa da sua falsa singularidade. Não lamente a sua amnésia temporária, não chore pela memória inocente das pedras. Nem as matérias inanimadas serão poupadas. Nem os insetos minúsculos sobreviverão. Desde os primórdios tentamos permanecer, abrimos fendas nas rochas, aramos solos inférteis, inventamos jeitos criativos de captar água, caçamos e comemos os animais menos inteligentes, mas nada aplaca a força do esquecimento, somos fadados ao apagamento. Não se desespere, animais bem maiores que você foram aniquilados pelo tempo e eles tinham dentes, carapaças e chifres. Por que cargas d'água imagina que a inteligência pode salvar esse corpo desprotegido, coberto por essa pele translúcida¿ Nem mesmo os touros se salvaram. Somos fadados ao esquecimento. Pagamos à toa o serviço caro das carpideiras, eram tantas e tão desnecessárias como um balde em terra seca. Não é necessário chorar nossos mortos, seus corpos encontrarão consolo no aparelho digestivo dos vermes. O enterro dos mortos é invenção recente. Quanto aos olhos, fique despreocupada, eles morrem ao longo da vida, quando o fim chega já estão completamente cegos. Lembra do luto do seu meio irmão ou do desastre aéreo no povoado próximo ou do filho morto de Maria ou do extermínio das mariposas brancas ou da morte das orquídeas raras¿ É claro que não se recorda, esquecemos de prontidão a desventura alheia. A flecha que atinge nosso amigo ou nosso oponente não é capaz de nos fazer sangrar. Não procurarei desencravar as unhas dos defuntos, é inútil, o corpo dá um jeito de eliminar seus próprios excessos. Os mortos costumam ter suas próprias regras de conduta. Não exijam bons modos dos que estão fora do sistema. Não peçam silêncio aos defuntos, eles são ruidosos, porque insetos copulam entalados em suas gargantas. Não exijam explicações demasiadas, apenas os verborrágicos usam palavras em excesso. Não me peçam elucidações infindáveis. Não me peçam explicações sobre os mortos que enterrei. Não me peçam esclarecimentos das manhãs insólitas. Os dragões verdes habitam os devaneios dos homens inválidos. Trago traços de insônia desde que nasci. Trago na carcunda os pecados dos meus progenitores. Trago no corpo a vertigem dos desarvorados e na cabeça as cicatrizes dos que dormem pouco. Não posso evitar o peso de uma cabeça que pende feito um fruto adormecido. Tenho pesadelos intermináveis. E você jamais conseguiria interrompê-los. Choro pelas crianças que nasceram sem sonhos e sem vísceras. Trepo no dorso de éguas indomáveis. Gaguejo na língua incontrolável dos aflitos. Lido com assombros o tempo inteiro. Os monstros que devorei ainda embrulham meu estômago. Não quero me perder em tautologias infindáveis. Como uma pergunta retórica poderia me salvar do afogamento¿ Como uma luta e um quebrar de ossos poderia me resgatar da letargia¿ Como uma revolução poderia restaurar a minha fé¿ Como os estilhaços deixariam de profetizar a catástrofe iminente¿ A minha salvação virá das matérias silenciosas. Minhas narinas tremem, entretanto, o ar é rarefeito. Aperto a gravata negra dos desacordados. Os enforcados gastaram todo o seu fôlego em coisas inúteis, tenho pena da fé dos burocratas. Trago nas mãos flores de outros mundos. Vivo entre o sono que nunca vem e a lucubração que jamais se finda. Nem por isso me entregarei aos que têm o sono tranquilo. Não confio nos homens que não encharcam de rumores seus travesseiros. Não gastarei saliva com discursos dissonantes não desperdiçarei carícias nas rachaduras das rochas nem discutirei o silêncio impróprio das pedras. Não se vive a desgraça a não ser através do próprio corpo. Veja, olhe para a sua carcaça, ela é a prova quase morta dessa sentença. Não ralharei com os cupins que devoram a seiva dos troncos brancos. Mas, se apoiar o ouvido nas árvores posso escutar o barulho da ruminância, se apoiar as narinas posso sentir o odor de madeira contaminada. Não abrirei trilhas para os homens que caçam os cervos tampouco salvarei os cervos da matança dos homens. Não acredito em um país sem mortos e sem decretos. Acredito apenas nos animais que conseguem ludibriar os seus predadores. Não cavarei a cova das formigas graúdas. Não sufocarei os grunhidos das bestas. Não comerei a carne insólita dos urubus. Não chorarei sobre a mortalha dos monstros. As mulheres santas e fingidas se encarregarão dessa função. Não abrirei as mandíbulas exageradas da noite. Não agradecerei aos guardas que impedem a fuga dos assassinos. Não despejarei minha bile em fossas de concreto. Não farei vigília dentro dos alojamentos dos cães. Não arrancarei os ovários das cadelas no cio para que não procriem, deixe a natureza perseverar em sua ignorância e em sua vontade insana de proliferar. Graças a essa proliferação desgovernada nasceram os desajustados da minha estirpe. Graças a esse descontrole hormonal somos uma nação de infelizes. Não farei ninhos para os pássaros cansados, deixem que voem a outras paragens. Não furtarei carne nos abatedouros, tenho pena dos animais grandes e indefesos. Cansei de sufocar o riso dos bichos rastejantes. Não julgarei o choro simulado dos crocodilos, cada ser encontra uma forma peculiar de se defender, nem todos os seres são dotados de dentes e carapaças. Não roerei o osso dos inválidos. Não lamentarei pelas trapaças que falharam. Os fracassados também merecem um palmo dessa terra miserável. Não saciarei a fome dos homens desajuizados. Não polirei o cérebro dos idiotas. Não impedirei a matança dos inocentes. Na guerra todas as espécies de morte são justificáveis. Não roubarei no peso incomensurável das maçãs. Cansei de escorregar nos musgos dos seus músculos, cansei de gritar dentro dos seus buracos e esperar a reverberação dos ecos. Alguns corpos são feitos de orvalhos e silêncios. Respeito a noite e a solenidade dos homens tristes, porque dentro de mim existe um velório que nunca termina. Acenda as velas e sinta meu corpo morrendo em vida. Fecho os olhos e cruzo as mãos sobre o ventre inchado. As mães deveriam partir antes de parir, evitaria esse fim funesto. Ao redor do meu corpo magro fantasmas contam os dedos dos meus pés. Este é o meu primeiro ensaio para a morte. Eu sei, não precisa pronunciar de novo e de novo as mesmas expressões idiomáticas, no começo te excitava me escutar em uma língua incompreensível, um dialeto além-mundo, quase inaudível, porque é mais fácil lidar com a mudez do que lidar com a verborragia, é menos doloroso lidar com o silêncio do que com o gume das palavras, ainda soletro fonemas antigos em frente ao espelho, escondida feito um rato encurralado. Você ditava signos que eu desconhecia por completo, tateando e procurando um significado que correspondesse aos seus anseios, mas com o tempo você me obrigou a costurar meus lábios, construir vazios na soleira da boca, enterrar minha língua, me fez decorar cada minúcia da sua própria angústia, engolir a sua singular escuridão, distinguir as palavras homógrafas, como se eu fosse capaz de entender contextos diversos, eu que praticamente conhecia apenas a irregularidade do seu corpo, tíbia, rótula, patela, escápula, ombros... Agora não faz mais diferença nenhuma. Você não pode soletrar o seu desespero. Você já não pode resmungar em língua alguma, todos os sons soam exóticos, quem sabe consiga ainda articular pequenos gemidos, estalar ruidosamente as falanges dos dedos menores, inventar embustes aos fantasmas que te sondam, arquitetar armadilhas às crianças perversas que nos vigiam, armar emboscadas aos defuntos que te esperam do lado de fora, as proporções gigantescas que estava acostumada não te pertencem mais, você não imaginava que um dia lidaria com fundações falidas, você não imaginava que o exílio viesse da rigidez do seu corpo morto. O exílio nos encontra de uma forma ou de outra. Deite-se e espere. Não há pressa no mundo dos mortos. Poderia ficar horas decorando o mapa de suas articulações, isso não impediria que eu continuasse me embaraçando nas miudezas dos seus cotovelos e permanecesse sitiada entre suas dobras. O corpo e seus jogos infinitos. Quanta ironia, pela lógica biológica eu estava muito mais próxima do fim do que você e me lembro muito bem como usava isso a seu favor. A juventude te era uma fonte de escárnio e dominação. Você mordia uma fruta fresca e nem imaginava que ela terminaria nas pregas do seu ânus. Uma mulher velha é uma carta fora do baralho, não ajuda e não atrapalha. Eu, a encanecida, a que não precisava me preocupar com o futuro, pois o meu futuro jamais superaria em extensão o meu passado. Veja só, está pior do que eu, apesar de toda a juventude que teria pela frente está apodrecendo mais rápido do que um porco, mais rápido do que eu, essa velha inútil, não era assim que gostava de me chamar¿ Adorava repetir sobre a falência do meu intestino. Agora não é capaz de distinguir uma ostra de um javali. Agora todos os espaços se transformaram em labirintos, os trajetos são caminhos sem volta, em cada porta existe um monstro para te assombrar. Agora já não pode sequer cuspir, não pode escarrar na minha cara. A morte te atravessou a traqueia. E eu respiro tranquilamente. A humanidade se reconhece pelo escarro, porém, agora você faz parte do mundo dos desenganados. A caixa de cigarros cubanos está pela metade, fumarei sozinha, agradecida por tragar uma fumaça que me consome aos poucos. Rindo porque encherei meu pulmão velho de nicotina. Rindo porque não poderá mais me impedir de fumar seus cigarros importados e nem reconhecerá o roubo pelo meu hálito amargo. Tente agora me mandar para fora da sua cama de madrugada, afinal, ninguém precisava saber das nossas brincadeiras íntimas, eu tenho um nome a zelar, tenho uma família, não sou uma desgarrada feito você, que pode fazer o que der na telha. Você tinha toda razão, eu podia fazer o que me desse na telha, mas acabava fazendo o que você desejava, descuido dos que têm a infelicidade de serem dominados pela paixão. Você era cria dos hipócritas, comendo ovo e arrotando caviar. Quem limpará o quarto agora¿ Quem lixará as paredes para corrigir as imperfeições¿ Acha mesmo que o seu macho não vai trazer nenhuma vadia para foder ao lado do seu porta-retrato¿ Talvez ele tenha a decência de jogar fora as antigas fotografias, não devemos dar visibilidade aos fantasmas e às putas. Talvez ele até minta e diga que foi uma esposa exemplar e que o chupava com vontade e reverência. ACORDA! Achou mesmo que seria poético ver as pelancas tomando conta do seu ventre, da parte interna das coxas, os seios grandes e caídos até o umbigo¿ Só cantou a velhice os que morreram jovens, velho nenhum teria a coragem de cantar a decadência. Não se arrependa nem um pouco de ter morrido logo depois dos trinta, não conseguiria encarar os espelhos se continuasse viva. E as fodas, então¿ Como poderia foder com tanta porcaria fora do lugar¿ Nem me venha com essa história furada de que a experiência não tem preço, prefiro que te enterrem assim, enquanto seus peitos ainda causam desejos, enquanto os homens e as mulheres ainda tenham prazer em chupá-los, eu mesma não me canso de me abaixar e mordiscá-los só para relembrar de outros tempos, coloque os dedos, veja como me deixa molhadinha. Não posso me privar do prazer de tocar uma siririca ao lado do seu corpo quase morto. Tenho certeza que adoraria me ver agora, meus dedos estão encharcados, sei que adoraria levantar a minha saia e enfiar a língua nas dobras da minha buceta, sentir ela pulsar descompassada como se sofresse uma disritmia. Não pense que perdi todo o charme só porque está no bico do corvo. Fique tranquila, prefira morrer assim, enquanto ainda consegue enlouquecer uma mulher, enquanto consegue transformar um pau mole em uma tora invencível, o resto não interessa. A única vantagem da velhice é cortar filas. Pela manhã, às vezes, me esqueço que quase não está entre nós, acordo sonolenta, tiro as remelas dos olhos e escuto seus gritos exigindo que o café seja servido na cama, só mesmo o tonto do seu marido para não desconfiar porque você fazia questão que te trouxesse o café na cama todos as manhãs, ou será que era fingimento¿ Talvez ele soubesse de tudo e fingisse ignorância, aliás, isso seria muito cômodo para ele, não precisaria ter o trabalho de proporcionar prazer. Os homens são péssimos nisso, a maior parte deles apenas surrupia prazer e não oferece nada em troca. Não me assustaria caso ele me procurasse qualquer dia desses e confessasse que sempre soube porque ficávamos tanto tempo trancafiadas naquele quarto escuro, ele sabia que não entendíamos nada de meditação ou qualquer outra coisa vinda do Oriente. O cheiro de incenso servia apenas para disfarçar o odor que desprendia de nossas bucetas.

I WOULD PREFER NOT TO – ESTEVÃO

Repito I WOULD PREFER NOT TO. Vivo cansado, dessas canseiras quase insuportáveis, que chegam a queimar a pele, às vezes, desconfio que a minha alma está presa em alguma parede dessa casa, me prenderam aqui, não sei bem o motivo, me sinto um fantasma que ainda não aprendeu a atravessar objetos demasiadamente grandes, sou quase uma matéria que não range, dessas que, por engano, soltam alguns grunhidos irreconhecíveis. Como posso admirar os objetos de arte se sou parte das coisas vulgares e de pouco valor¿ Eu sei, eu deveria me calar, não gosto de reclamar de barriga cheia, no entanto, às vezes, a metafísica atravessa meus ossos e sinto essa vontade esquisita de me desabafar com alguém. Sou um piano sem plateia. Fico pensando no radical da palavra solidão. Solidão e solitude, um dia escutei você discutindo sobre a diferença desses dois vocábulos, você se parecia com alguém importante que dominava perfeitamente as nuances do seu idioma. Mas, palavras pouco correspondem aos sentimentos. Olho e só vejo a presença de objetos mortos ou inanimados. Às vezes, passa um gato de miado fino. Os ratos estão demasiadamente ocupados se escondendo de seus predadores. Sigo os seus guinchados, é inútil, não se intimidam com a minha presença. Você já parou para escutar as lamúrias dos tubarões¿ Eu também não, mas imagino que seja preciso uma força descomunal para vencer o barulho do mar. Aqui, só escuto o barulho ensurdecedor do mar. Ainda assim continuo sentindo essa vontade louca de falar, minha garganta dói. E com quem eu falaria¿ Quem gastaria saliva com um homem comum e de aparência duvidável¿ Com um homem que se abaixa de forma vulgar e amarra o cadarço dos sapatos¿ E ainda que eu fosse o mais belo dos homens, quem se daria ao sacrifício¿ Talvez algumas espécies de escritores, eles gostam de estudar os sujeitos, não pense que se importam com os pensamentos alheios, é apenas por curiosidade do ofício, conseguem ser mais perversos do que os outros. Quem me salvaria¿ Cadáveres costumam não responder. Além disso, me nego a falar com cadáveres, me sentiria ainda mais ridículo do que os mortos. Pessoas como eu não têm amigos e os conhecidos se limitam a breves acenos. E não é absolutamente porque eu não tenha tentado cultivar amizades, mas a pobreza nos impõem limites estreitos, entre uma porção de comida e um afago, escolhemos a porção. Como se responsabilizar pela tragédia alheia¿ A nossa história fracassada já não é suficiente¿ Como julgá-los, eles, por acaso, não estão certos¿ Como mover um músculo a favor de um homem qualquer¿ Como inocentar homens que trazem a mandíbula repleta de dentes¿ Quem está a fim de se comprometer com o pensamento do outro¿ O pensamento é uma armadilha onde se escondem animais ferozes. Não aconselho. É como se fôssemos criminosos em busca de uma testemunha ocular. Todos estão ocupados demais carpindo o mato do próprio umbigo, ao redor do meu só vejo deserto. Em algum momento me fizeram acreditar que a leitura me pouparia do tédio e da solidão. Pura ilusão! Seria mais fácil ter me dedicado à construção civil... Quem sabe teria me ajudado se fosse chamado para fazer a catalogação de uma biblioteca... Mas, nesse fim de mundo, só me fizeram perder tempo. Não existe nada por aqui. E afinal, para que serviram os livros que li¿ Quem teve a infeliz ideia de começar a tornar as ideias capturáveis¿ Melhor seria nunca terem inventado os livros ou a tipografia, esta última ainda por cima os tornou facilmente multiplicáveis. Um passatempo infernal! Não me ajudaram em nada, muita teoria furada e ideias estapafúrdias, essas coisas não têm utilidade alguma para um serviçal. Por acaso, algum livro ensina como remendar canos ou desentupir banheiros¿ Onde enfiaria uma estante cheia de livros¿ Talvez os livros servissem para as traças devorarem e esquece-

rem o tédio da existência, afinal, a mastigação sempre faz o tédio parecer menor. Mal posso articular
palavras, sim senhor, não senhor, não senhora, sim
senhora, me perdoe, não acontecerá novamente. ~~Fi-
lhos da puta do caralho, não respeitam um homem
só porque limpa a merda de vocês¿¿¿¿~~ Um serviçal,
mesmo que acumulasse milhões, ainda seria chamado para levar as malas de outro homem. Não há
humilhação maior do que carregar calado as tralhas de outro ser humano. Um empregado não tem
as mesmas vantagens de um homem comum, de um
homem livre que anda pelas ruas e cospe à vontade
nas sarjetas, se estiver fatigado para em uma venda
qualquer e enfia as mãos no baleiro, quando entediado saca cinquenta contos da carteira e come o cu
de uma puta. Um serviçal não tem essas regalias,
está mais próximo dos animais, tem direito a uma
porção parca de ração, um rádio de pilhas e um
quarto pequeno e sem janelas. Qualquer orifício lu-
minoso serviria para lembrá-lo da fuga. Como poderia amar uma mulher¿ Como me daria esse luxo¿
As mulheres são vastas, ruidosas e exigentes. Elas
fingem depender dos homens para as mínimas coisas, porque sabe que isso os tornará obedientes
como cães. Como se debater e fugir dessa subservi-
ência¿ As mulheres demandam tempo e espaço, exigem rituais que as façam esquecer do mundo, quem
não precisa ao menos desse esquecimento temporá-
rio¿ Fazem amor porque cansaram dos caça-pala-

vras. Eu não tenho tempo para alimentar a fantasia desses seres esquisitos, não posso inventar histórias fantasiosas ou escrever cartas intermináveis. Há no meu corpo certa urgência de prazer, um prazer simples e animalesco. Além disso, eu preciso ter os dois pés fincados na terra, estar pronto para correr e atender a qualquer hora. Não me foi concedido o direito das abstrações. Ainda pior, como poderia ~~esporrar a bunda~~ da minha patroa¿ Um homem que mexe com fezes de cavalos deve se manter no estábulo. Já viram algum empregado de mãos dadas com a patroa tomando um sorvete na praça¿ Aposto que não! Mas, mesmo assim te amo... Perto de você, Clarice, tenho medo que os meus músculos parem de trabalhar e se atrofiem. E por acaso, não é isso o amor¿ Uma luta incessante para que o corpo não se destroce¿ Uma vontade impensada de cessar o verbo¿ Um estranhamento diante da cópula dos bichos feios e peçonhentos¿ Porque tudo que pulsa não deveria ter um certo esplendor divino¿ Nunca serei merecedor do seu amor e nem da sua ~~foda~~. Não mereço ficar a vida inteira espiando seus ~~peitos~~ pelo buraco da fechadura e me contentar em bater uma ~~punheta~~ imaginando a maciez dos seus buracos ou comendo a Mudinha imaginando que é você quem como. Não se trata de perversidade como pode parecer, é mais uma questão de praticidade, comer o que está mais no alcance das mãos. E depois tenho certeza que Mudinha se diverte ainda mais do que eu. Se ela falasse tenho certeza que ficaria horas tecendo elogios a minha performance sexual, como não pode soletrar uma sílaba sequer, vira para o lado e dorme, nesse meio tempo observo a minha porra escorrer da sua buceta para o colchão, isso me deixa extremamente excitado, então, recomeço do início, como um jardineiro que insiste em podar as mesmas plantas com as mesmas tesouras. Você sabe, Ester, eu não queria que fosse assim, não queria te possuir enquanto está anestesiada, quase morta, gostaria que sentisse cada centímetro do meu ~~pau~~ te invadindo, queria que aproveitasse a maciez da minha língua percorrendo a sua vulva e o seu clitóris, queria que pudesse cavalgar em cima de mim enquanto chupo seus ~~peitos~~... Mas, você não pode, já não pode nada... Ainda assim sinto certo prazer te encharcando com meu cuspe e enfiando meu ~~pau~~ grosso na sua ~~buceta~~. Nunca pensei que gostaria dessa pré-morte em que se encontra, graças a ela posso possuí-la sem remorsos, já que sua boca é incapaz de articular qualquer som, não poderá me acusar de nada. Além disso, você não se deitaria com um empregado, você é esnobe demais. Sim, você me provocava, porém era apenas para testar seu poder de sedução, eu me fazia de desentendido e recolhia as migalhas que me oferecia, uma fresta da porta entreaberta enquanto passava creme pelo corpo... várias vezes te vi com as pernas abertas se tocando, adorava se exibir. Como queria que eu resistisse¿ Deixava calcinhas minúsculas no varal, cinta-liga em cima do sofá, sutiã de renda em cima do criado-mudo, saias no armário. Eu sabia que era de propósito, mas não reclamava, era uma forma de tê-la por perto. Adoro ver minha ~~porra~~ descer devagar pela sua ~~bunda~~, pena que não pode ver...

ENQUANTO AGONIZO

Escutei boatos de que ele é o pai do menino mongo, no entanto, duvido muito. Bem, não é tão improvável que Estevão tenha se apaixonado por Mudinha, ela tem realmente um corpo invejável, uma bunda deliciosa, os seios grandes e duros, embora tenha uma feição abobada, quem sabe seja por causa da mudez ou talvez tenha algum retardamento leve. Não tenho nada contra os retardados, inclusive acredito que viver alienado seja bem mais confortável. Talvez todos os mudos vivam em um mundo à parte do nosso, faço sinais a ela e nunca sei se ela está realmente compreendendo o que quero, também isso acaba não fazendo tanta diferença, não é preciso de muita genialidade para manter uma casa em ordem, para foder então, nem se fala. Aliás, o retardo aumenta a libido, é o que dizem, escuto isso desde a infância. Apesar de ser um pouco tonta acho estranho ter se afeiçoado logo ao Estevão. Estevão é feio como o diabo, é franzino e tem uma cara estranha, quase uma aberração da natureza, acho curioso quando a natureza na sua imensa sabedoria se desvirtua criando pequenas monstruosidades, fico imaginando que tenha nascido precoce, com certeza não deveria ter vingado, o útero de sua mãe deve ter tentado expulsá-lo, isso é evidente, ter permanecido entre os vivos foi puro acaso. Provavelmente Estevão é de uma linhagem medíocre, resultante de entrecruzamentos constantes de consanguíneos, acarretando deformidades irreparáveis, apenas a fornicação entre primos e irmãos poderia gerar um ser tão disforme. Pode ser que inspirem pena às mulheres mais sensíveis. Homens assim raramente despertam ou inspiram paixões. Bem que, a maioria das vezes filhos não são frutos da paixão, mas de uma necessidade instintiva de procriação. Não são apenas os cães de raça que fodem, os vira-latas também gostam de foder. Não o culpo por procriar e perpetuar essa espécie mirrada e servil, assim como ele, seus filhos serão úteis para outros patrões, seus filhos também lamberão as botas de um aristocrata e ele ensinará os macetes para que suas crias nunca irritem os filhos do patrão, ensinará os manejos com a foice e o martelo, ensinará eles a andarem em passos de gatuno para que não acordem ou assustem os seus donos, se existe uma coisa que patrão não suporta é ter o sono interrompido, também ensinará como coar o café de uma forma que ele não saia já frio do bule, depois ensinará sobre o temperamento da terra e o jeito certo de podar as árvores e regar as plantas menores. Em uma ou duas noites rezará, fará promessas para que os filhos não se desviem do caminho certo e virem uns larápios. Quase sempre essas rezas são inúteis e os filhos se tornam ladrões de galinha. Arranjará uma escola, fingirá que a educação pode mudar o rumo da humanidade e as leis da velha hierarquia, se fizer tudo direitinho poderá se tornar doutor! Quanta ingenuidade! Em que mundo a educação dita alguma regra¿ A verdade é que não virará doutor coisa nenhuma, nem perto disso, virará empregado do doutor e sonhará os mesmos sonhos infecundos para sua prole extensa e servil. E a sua prole extensa e servil continuará sonhando sonhos infecundos, até que por um acaso feliz da natureza seja gerado uma ninhada de inférteis. Enquanto isso não acontece, por sorte os filhos nascidos vingarão como essas plantas de beira de estrada, feias, mas firmes, pequenas, mas fortes, invisíveis, mas úteis. Eu já não estarei mais aqui, se tivesse filhos, por certo seriam empregados dos meus filhos, no entanto, os poupei dessa desgraça. O mundo já está infestado de homens infelizes. Embora, com certeza não terão patrões muito melhores do que os meus filhos seriam. Empregados são uma espécie de herança, passada de geração a geração, fazem parte da casa, como móveis antigos, funcionais, mas dispensáveis.

* * *

Não consigo parar de pensar nos últimos dias da minha vida, tudo o que se desenrolou enquanto estava inconsciente, todas as brigas por causa da minha doença e decadência. Talvez eu seja ainda mais repugnante que Estevão, há os que nascem feios, provavelmente porque a natureza resolveu pregar-lhes uma peça, estes sofrem pouco, pois desde o nascimento estão relegados ao esquecimento do prazer e aos olhares enviesados, se contentam com as migalhas dos que não conseguem sorver para si todos os gozos do mundo, e há as mulheres que nascem belas e depois envelhecem e se assemelham a um animal agonizante. Uma dessas infelizes sou eu. Embora houve tempo em que eu mesma ria às gargalhadas da velhice alheia. E se antes eu fodia, agora minha carne exala um gosto amargo e fétido, tento relembrar a última vez em que um homem roçou o pau na minha pele, quase sem querer, quase sempre é sem querer, o macho é movido por uma vontade insana de se enterrar nos buracos da fêmea, até nos mais infecundos e a fêmea é regida por um furor incontrolável de se deixar perfurar, como se dependesse exclusivamente dessa fome que não é capaz de ser saciada. O buraco nunca será preenchido porque ele não se encontra em nossas genitálias, o buraco é mais fundo, mais extenso. Somos frutos de gerações e mais gerações de bruxas histéricas. Um homem não é capaz de entender a profundidade da alma de uma fêmea. Sim, eles tocam apenas a superfície, nunca sairão da superfície, esse arrepio rápido e zombeteiro. Por que ainda tentamos nos explicar¿ Falamos dialetos diferentes. Quantas vezes morremos apenas pelo prazer furtivo de uma foda¿ A troco de quê¿ Eu não participava mais da festa da cadeira. Estaria fora da roda das afortunadas. Se fosse chamada para alguma festa provavelmente me pediriam para servir os canapés ou arrumar as mesas. Pediriam que eu trouxesse as taças para brindar com outros corpos. Nem lembrariam que havia um par de seios e uma bunda por baixo do uniforme. Uma velha não causa curiosidades, a não ser talvez aos vermes. Nenhum homem mais me olharia com cobiça, uma mulher sem fluidos, um tronco sem seiva, agora os homens apenas me olhariam com nojo ou inconsciência, uma mulher que não fode, já não serve a ninguém. Por que perderiam seu precioso tempo jogando conversa fora¿ Ideologias não são bem-vindas na cama. Uma mulher que não copula não faz mais parte do imaginário masculino, talvez apenas dentro de um quadro de parentesco, desses cuidados que um filho tem com a mãe ou um pai com a filha, uma mulher sem buracos é como um boneco sem articulações, apenas ornamento, já não serve para nada, perde seu rosto, sua identidade, é motivo de riso, esquecimento e chacota. Como ensinar um homem novamente o caminho da mão até o sexo¿ Como ensinar um homem a apreciar um objeto trincado¿ Como convencer um homem que uma mulher não é uma peneira¿ Como tirar a roupa sabendo que o outro fechará os olhos e rezará uma oração inútil implorando para que o tempo não o depene também¿ Aposentarei as lingeries com renda, agora apenas servirá o véu que cobrirá meu corpo na morte derradeira. Arrancarei das penteadeiras todos os espelhos, para que multiplicar monstruosidades¿ As joias ficarão guardadas dentro dos baús, quem sabe herança para corpos jovens de alguma parente distante. A mim já não me cabem, como enfeitar um corpo que almeja o esconderijo, um corpo que deseja engolir a si mesmo, quase acreditando em um renascimento impossível¿ As joias em uma mulher velha é como a maquiagem em uma pessoa feia, não esconde nada, apenas a expõe ao ridículo da tentativa do disfarce. Como adorar essa versão funesta de mim mesmo¿ Por acaso, o sexo não foi o meu único divertimento em vida¿ Não quero mais ser o palco de risadas, quero poder descobrir o meu corpo sem vergonha, deixar as imperfeições se esparramarem pelo espaço vago dos quartos, um corpo não pode ser mais extenso do que a memória e as memórias nunca envelhecem, se renovam e se reinventam infinitamente. Na juventude essas palavras soariam como uma imensa tolice, no entanto, agora elas me consolam. Como abrir as janelas e manter a postura ereta diante do mundo apesar dos escombros escondidos nas minhas vísceras¿ Essa manhã não defecarei e é só.

* * *

Agora até a empregada impunha-me ordens absurdas, como que desejando impor a mim a mesma escravidão que lhe infligi por anos. Agora poderia fingir que era a patroa perversa. Sim, o antigo ressentimento movendo o mundo. Como não culpar os ricos por toda a miséria do mundo¿ Se não fosse o mal dos ressentidos esse mundo talvez um dia fosse para frente, mas eles emperram tudo como burros empacados. Eu não era culpada de nada. Como eu poderia ser responsável pelas injustiças sociais que acontecem desde que o mundo é mundo¿ Não é uma maldade sem precedentes querer colocar a culpa no ombro de uma mulher que agoniza¿ Que de uma hora para outra não poderá mover um músculo do corpo¿ Que todo o corpo será apenas comida de verme e adubo para terra infértil¿ Não será mais importante do que bosta de vaca ou talvez esteja misturada a ela se esquecendo por completo do que é ser humana¿ Se transformando pouco a pouco em átomos dispersos¿ Não tenho culpa de porra nenhuma! Não jogue para cima de mim suas frustrações. Quando mamãe me pariu já estava tudo decidido, apenas continuei instintivamente. É justa essa vingança sem fim¿ Se aproveita da minha fraqueza. Me olha com arrogância, considera que por eu estar quase morta na cama ela tenha se tornado muito melhor do que eu, me olha rindo e afirmando que minha riqueza não serve para nada. Diga agora o que fará com um cofre lotado de joias¿ Diga agora o que fará com a lembrança remota de ter comido um prato tão exótico quanto lagostas ao molho de tangerinas¿ Ela não compreende que nasci sob o jugo da aristocracia, ordenar era de sangue, naturalmente esperava dos outros a paciência, a corcunda (genética própria dos pobres) e o servilismo. Esperava o que me foi prometido desde criança, a subserviência dos mais fracos e dos mais feios. Não sabia brincar de espelhamento, o outro só tinha importância à medida que tinha serventia, fora desse padrão de utilitarismo não sabia o que esperar. As pessoas da minha estirpe não estão acostumadas a esperar, elas mandam buscar com urgência. O outro não era parte significativa do meu mundo. A vida era apenas um sistema de trocas, no qual as moedas mais altas ficavam no meu bolso. Não procurei por isso, isso me foi dado de mão beijada. Não me culpe por não entender os seres benevolentes, a bondade também é herança, mas não fui contemplada com ela. Os empregados são mesmo engraçados, passam a vida servindo os seus patrões quase com devoção, juram fidelidade canina e na primeira oportunidade querem se vingar de todos os abusos que sofreram, como se os miseráveis tivessem o mesmo direito à felicidade que os ricos. Se pudesse gargalharia, mas já não me lembro nem mesmo como dar uma risada de canto de boca. Ai, ai Flamenca, como você é tonta! O amor não é privilégio dos bons, embora as religiões preguem isso, os canalhas também amam, talvez até amem com mais fervor, pois aceitam as falhas do outro. Até parece que se esqueceu que eu também te tratava com afeto, um afeto interesseiro, está certo, no entanto, me lembro muito bem o quanto costumava gozar dele! Se fecho os olhos até posso escutar os seus gemidos abafados. Como me excita lembrar! Embora mal possa mover um dedo. Por outro lado, como posso culpá-la se tantas vezes pisei na lama e entrei em casa só para ter o prazer de vê-la esfregando o assoalho enquanto escondia no pensamento palavras de baixo calão (você tinha um jeito todo especial de proferi-las), se espatifei de propósito a louça do jantar só para vê-la com as mãos trêmulas recolher os cacos do chão, torcendo para que os estilhaços lhe amputassem os dedos, rezando para que a tarefa fosse interminável, só para observar sua bunda grande e desajeitada rastejando no piso gorduroso da cozinha. Se fosse mais magra lembraria uma cobra rastejando, mas era cheia de curvas. Era engraçado vê-la balançar de um lado para outro, como um pêndulo descompensado. Seu corpo era desajeitado e redondo, mas tinha um gingado inconfundível, como se tivesse nascido para ser puta. Lembra quando te chamava baixinho de puta e você ficava louca de tesão¿ Estrangulava os meus dedos com a buceta¿ Gostava de observar os movimentos corporais, minha memória tinha dificuldades para imaginar coisas estáticas, no meu pensamento tudo se mexia. Tentava recordar o corpo de Flamenca parado em cima da cama, era impossível, só conseguia recordar a sua bunda pelada sacudindo sem parar. Às vezes, no escuro, nas noites de insônia a imagem da sua bunda grande e dançante voltava à minha mente, então, era obrigada a enfiar a mão sorrateiramente por baixo do cobertor, tomando cuidado para não acordar meu marido que dormia ao lado e bater uma siririca. Flamenca nunca me perdoava quando a fazia de escrava, ficava por dias a fio sem me procurar, era a forma que encontrava de se vingar. Não sei por que se irritava tanto, já que tinha nascido sem um tostão no bolso, deveria me agradecer, além de dar um teto, também lhe proporcionava prazer. Eu era boa nisso, não precisava de muito esforço, meu corpo conhecia o desejo de outro corpo e se esbaldava. Eu estava ciente disso, que minha atitude a deixava furiosa, então, pagava o preço, como sabia que ela não me lamberia por uma semana, aproveitava e me divertia com minhas próprias mãos. Enquanto recolhia os cacos, ela sussurrava palavrões impronunciáveis e eu ria por dentro, as pequenas perversidades me divertiam. É o que sobra às mulheres, as acanhadas maldades, enquanto os homens se refestelam em crimes grandiosos. Agora minhas narinas entopem com facilidade, quero gritar, mas não posso. Estou sendo privada das coisas mais ridículas, nem defecar na privada me é mais permitido. Sem contar as visitas constantes desse homem sem cabeça que insiste em afirmar que é meu primo, se aproveita da minha situação, quantas vezes acordei com ele enfiando o pau na minha buceta! E o que eu posso fazer¿ Absolutamente nada. E o meu marido finge não ver nada, fica o tempo inteiro meditando ou andando pela casa grudado àquela sombra bêbada. Também Estevão, quem diria! Nunca imaginei que ele fosse capaz! E ainda me culpa! Diz que fazia questão de provocá-lo, que deixava lingeries espalhadas pela casa, que tomava banho com a porta destrancada e depois deixava uma fresta na porta do quarto e ficava me esfregando em cremes. Claro, não posso negar que fazia mesmo tudo isso... Mas, que afronta pensar que fosse dirigido a ele!!!! Fazia isso para provocar Flamenca... e funcionava... Ela aparecia no quarto e me chupava loucamente. Outras vezes, a intenção era os olhares da Mudinha, eu percebia que ela me observava com desejo, então, fazia isso para instigá-la, eu já tinha visto ela me olhando pela fechadura do banheiro, também já tinha pegado ela batendo uma siririca enquanto cheirava minha calcinha. Isso me deixou extremamente excitada e tenho que confessar que entrei algumas vezes no seu cubículo e a comi loucamente. Ela se debatia, mas depois de alguns minutos eu sentia seu corpo desfalecer e seu gozo abundante escorrer na minha língua.

* * *

Lá de fora sobe um cheiro forte de pesticida, ao que tudo indica resolveram me escutar e dedetizaram o jardim, penso na fragilidade das flores miúdas, no risco de espantar a polinização das abelhas africanas, na fricção incansável dos besouros com os troncos e na persistência incômoda das baratas, um asco percorre minhas entranhas. Creio que no futuro todos concordarão com o extermínio definitivo das pragas urbanas. Considero infundada essa história de que as baratas sobreviveriam até mesmo às bombas nucleares, penso que Flamenca repetia essa teoria para me assombrar, ela sabia que tinha pavor de insetos voadores e imaginar sua existência infinita, muito além da minha, me apavorava imensamente, é como se concedesse a um criminoso hediondo o direito à liberdade enquanto um inocente fosse obrigado a definhar na prisão. Já não me basta esse cárcere em vida, todos me tratam como se estivesse mortinha da silva, talvez me tratem ainda pior, porque os fantasmas são tratados com benevolência, é dado a eles a absolvição, falam dos cadáveres embaixo da terra com discurso pomposo, como se em vida tivessem sido verdadeiros mártires e isso acontece até com os maiores calhordas da humanidade. Quantas vezes eu mesma falei maravilhas de pessoas que detestava só porque estavam a sete palmos da terra¿ Estar morto em vida é dez mil vezes pior, porque todos os dias nossos companheiros nos lembram que precisam limpar nossas bundas e apenas esse fato já seria suficientemente humilhante, se não nos culpassem por todas as outras tragédias cotidianas. Peço paz e eles me tratam como um soldado deserdado. Sou um peso, um pedaço de carne que não pode ser enterrado porque ainda respira. Sinto o cheiro do café e meu cérebro revira, daria tudo para poder tomar um gole de café, mas nem sequer consigo pedir por isso. Tenho certeza que Flamenca pressente essa minha vontade e é exatamente por isso que faz questão de pegar uma xícara bem cheia de café e beber demoradamente do lado da cama. Eu sei, ela quer que eu sinta o cheiro e me revire de ódio e vontade. Ela não perde por esperar! Será que pensa que o destino punirá somente a mim¿ Ninguém escapa, minha querida! Nem mesmo uma pé rapada feito você! Escuto Flamenca lixando com desdém minhas unhas do pé, de minuto a minuto solta um xingamento baixinho e reclama do mau cheiro. Resmunga como se a vida inteira tivesse sentido apenas o cheiro da essência de rosas. Fingida! Deveria dar graças a Deus que tem a honra de me doar o seu tempo. Se não fosse a minha doença provavelmente já teria sido expulsa dessa casa com uma mão na frente e outra atrás. Burguesa de araque! Além de não ter um tostão furado fede feito um mendigo! Antes tivesse ficado na fazenda da minha tia tratando dos porcos, sim, com certeza os porcos são mais limpos que essa vaca nojenta. Quero ver agora ficar me humilhando com os seus xingamentos. A desgraça lhe arrancou os impropérios da garganta. Não posso esboçar qualquer reação, no entanto, fico extremamente irritada e rezando para que Flamenca tenha um ataque cardíaco fulminante.

* * *

Você tem toda razão, tu fodes como ninguém! Mas, a vida é tão chata... parece abelha sem ferrão, às vezes, quero apenas tirar a roupa e dormir como um bicho acuado que se esquece da presença do carrasco

* * *

Sempre invejei as pessoas solitárias, são tão raras! Imaginei que se a solidão me atingisse eu daria graças a Deus. Claro, também pensava em ter um gato, porque gatos têm uma elegância e um humor pertinente aos homens solitários. Sim, é a mais pura verdade, achava a solidão uma espécie de criadouro de ideias perfeitas. Achava glamoroso quem tinha tempo e espaço vago apenas para si ou para os seus caprichos, imaginava esses seres solitários tirando à tarde uma soneca, vestidos apenas com um roupão e um livro colocado despojadamente no colo. Não importava muito o título, desde que fosse composto por vários volumes. Já eu estava o tempo todo tão cercada de gente que me sentia oprimida e vulgar. Eu estava muito próxima e enredada por coisas ordinárias. Um abajur, um criado-mudo, um aquário. Não havia em mim nenhum mistério. Ninguém olharia pela janela para saber como eu vivia. Como alcançaria a sabedoria rodeada de gente ignorante¿ Mal sabiam fazer o O com o copo, o que poderiam acrescentar a minha existência¿ Ou será que a existência era só isso mesmo, um chiqueiro cheio de braços, pernas, troncos e cabeças aleatórias se batendo¿ Não é possível que me enviaram ao mundo apenas para dar uma volta nesse circo de horrores. Pelo jeito nunca irei descobrir. Agora possuo a tão almejada solidão. Sim, se quer ser jogada para escanteio é bem simples, basta deixar de ter alguma utilidade. Práxis, costumava gostar dessa palavra, tão carregada de pompa. E que utilidade eu teria presa nessa cama¿ Nenhuma, é óbvio, e eles nem tentam fingir que eu sirvo para alguma coisa, às vezes, passam dias sem que ninguém apareça. O que posso fazer¿ Simplesmente fazer de conta que estou escrevendo uma peça que mudará os rumos da dramaturgia. Afinal, não é assim que os artistas sobrevivem¿ Encenando outras realidades enquanto a arte não lhes proporciona nem o que comer¿ Eu imaginava que quando estivesse à beira da morte as melhores cenas da minha vida passariam feito um romance, no qual se apresentasse apenas os capítulos mais relevantes, eu poderia pausar ou acelerar a qualquer instante, não é isso o que todos dizem¿ Estive à beira da morte, vi um túnel, uma luz amarelada no fim do túnel, depois uma espécie de projetor do além me mostrava a vida em retrospectiva, claro, os momentos mais relevantes e que tiveram um certo impacto no meu ser, depois senti algo mal resolvido e bum, voltei! Isso é uma grande balela, a verdade é que enquanto estamos agonizando é impossível pensar no passado, mal lembramos que o passado existiu, pois o presente nos corrói com as mais inusitadas e inúteis indagações, ficamos bestializados, sabe aqueles gatos recém nascidos que brincam com qualquer coisa que se mexa minimamente¿ Pois, então, ficamos muito semelhantes a eles. Muitos pensam que viramos gênios ou cineastas com a iminência da morte. Se pudéssemos filmar as cenas que se passam na cabeça dessa moribunda! Que grandes cineastas seríamos! Tudo coisa de idiota ou coisa de quem nunca morreu uma vez na vida. Veja, eu, uma mulher culta e inteligente, li todos os clássicos, assisti filmes cults e trashs e isso não me salvou dos pensamentos tolos e sem relevância alguma na ordem fatídica das coisas, vivo incomodada imaginando se a Flamenca está realmente ariando as panelas, tirando o pó da cristaleira, separando as roupas brancas das coloridas na hora da lavagem, alimentando os gatos com a escassez necessária para que nutram o desejo pelos ratos, ou se agora que estou praticamente inválida ela não aproveita para colocar o lixo embaixo do tapete, sabe, aquela pilantra sempre utilizou esse método sórdido para se livrar do trabalho pesado, também me incomoda a poda das roseiras, existe um tempo certo e um jeito específico de se cortar o caule, agora me passa pela cabeça que porque estou dormindo feito morta os mendigos aproveitam para adentrar a casa e roubar os mantimentos, logo eu, que mal posso morder uma pera com os próprios dentes, preciso da ajuda indigesta da empregada trapaceira, a política tem me preocupado deveras, fiquei sabendo que os militares tomaram novamente o poder, tenho vontade de me levantar e empunhar minhas próprias armas, o caso é que sei apenas usar as facas para estripar os peixes, com o mesmo vigor me preocupam os musgos que cobrem os muros da entrada da pensão, é preciso um certo cuidado para que a umidade não dê um aspecto fúnebre à casa. Ah, acabei de me lembrar que os ralos estão abertos, é claro, é por isso que a casa sempre está infestada de ratos, eles entram pelos ralos dos banheiros e depois que descobrem o caminho ensinam aos outros ratos, daqui a pouco haverá uma comunidade inteira desses bichos morando confortavelmente na pensão, só esperando o resto do jantar. Que horror! A proximidade da morte fez com que a minha cabeça virasse um criadouro de ninharias.

O DIÁRIO DE UMA MULHER SEM VOZ OU O DIÁRIO DE MUDINHA

NAO POSO DIZE O QE SOFRO NESA CAZA O OMI SEN CABEZA FALA QE VAI AJUDA A NAO SE BURA MAIS ELE ENTA NO QUATO E ME PEGA TODO MUNTO NESA CAZA ME COME POQUE NAO POSO GRITA O OMI SEN CABEZA ME ENSINA LETRA MAIS NAO COSIGO LE E ECREVE DIRETO MAIS SENPRE DEZENHO O QE ACOTECI AKI SÓ GOTO DO KÃO ELE É CARIÑOSSO

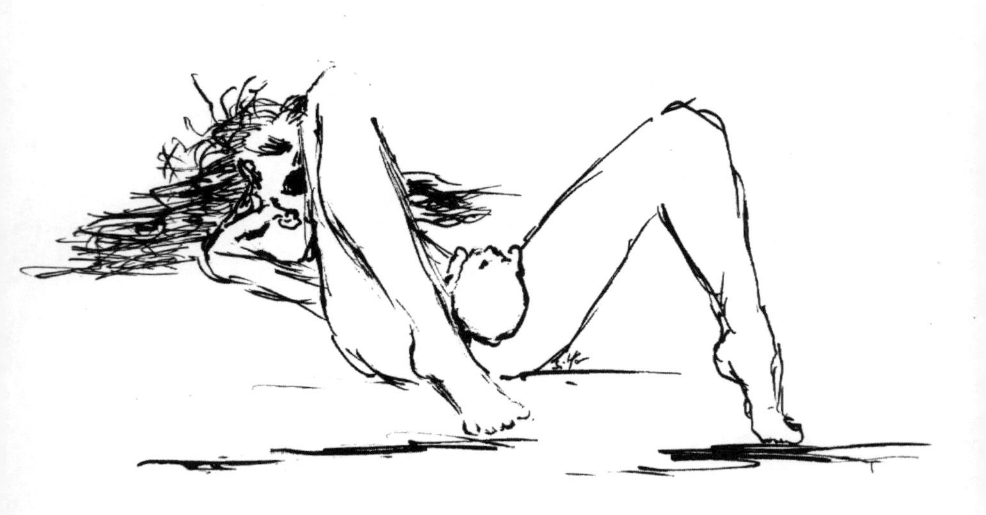

O HOMEM
SEM CABEÇA

Estevão Estevão Estevão... Gosto de proferir repetidamente o meu nome na frente do espelho. Desde minha aparição a essa casa sinto que as sílabas do meu nome se perderam nos porões. Meu patrão não costuma me chamar pelo nome, apenas acena com a mão e eu já sei que necessita do meu auxílio, tampouco as outras pessoas da pensão solicitam a minha presença, apenas meus serviços. Nem mesmo Ester... apesar de tudo que fiz por ela... Aos poucos me acostumei com o esgotamento da pronúncia. Afinal, a palavra me parece mesmo algo esnobe e cria da aristocracia. Faço o meu serviço em silêncio, nunca incomodo, de forma que, às vezes, sou confundido com um criado-mudo. Um bom empregado não é ruidoso. Ruidosos são os doentes terminais. Como sou apenas um serviçal, prefiro poupar meus patrões da loucura de alguns pensionistas. Aliás, deve ser exatamente essa a função de um bom empregado, subtrair dores de cabeça de seus empregadores. A insanidade é uma praga que assola a humanidade desde o início dos tempos, definitivamente é um mal incurável e está longe de ser extirpado, deve ser por isso que os manicômios proliferam rapidamente por todo o mundo. Sem a loucura, Adão jamais teria travado um diálogo amigável com a serpente, que, definitivamente, o colocou em maus lençóis. Um antigo empregado bateu na porta, falou que a polícia está vasculhando todas as casas do povoado e embora a nossa casa tenha uma cor fantasmagórica, uma hora baterão à porta atrás dos cadáveres daqueles assassinos, ambos sabemos que a cidade inteira os queria mortos, entretanto, ninguém teria culhões para matá-los, porque normalmente os assassinos de primeira viagem temem em demasia suas penas e você sabe muito bem o que acontece com aqueles que ousam tirar a vida de outra pessoa, não há misericórdia para esses, não neste lugar. Agradeci o seu aviso, tomaríamos cuidado, não precisava se preocupar, estávamos seguros. Logo bateram novamente na porta, imaginei que fosse o mesmo empregado, estava enganado, era um homem estranho e taciturno. Depois descobri que se tratava de um psicanalista muito insistente, disse que ficou sabendo, por fonte segura, que mantínhamos em casa uma doente terminal, não precisávamos nos preocupar ou cogitar coisas mirabolantes, ele não era policial, não era de nenhum censo nem era um desses representantes chatos enviados pelo Estado, tampouco era um vendedor de carnês funerários, nem sequer considerava o corpo de um defunto um problema incontornável, claro que isso não se aplicava aos corpos assassinatos, esses com certeza deveriam ser descartados com todo o cuidado possível, caso contrário o homicida teria sérios problemas com a polícia, enfim, suas intenções eram as melhores, não era o seu intuito tirar a moribunda dos cuidados dos senhores ou sugerir um hospital especializado, mesmo porque ele acreditava que os defuntos pertenciam aos seus territórios e as casas de repouso eram uma opção cruel e fria, e mais, ele não podia contar tudo para um simples empregado, ainda mais um empregado com a minha compleição física, me investiguei por um segundo, apalpei meu tórax, deslizei as mãos pelos bíceps, comprimi mentalmente minhas panturrilhas, não entendi a pertinência da observação, contudo, considerei inútil entrar em uma discussão por causa de uma simples frase incoerente emitida por um completo desconhecido, além disso, ao que tudo indicava era um tremendo de um idiota, nem por isso não deveria temê-lo, por vezes os idiotas são extremamente nocivos, não levá-los a sério pode ser um erro fatal. Ele podia apenas adiantar que a doente fazia parte da sua família, não podia abandonar um parente, era contra todos os seus princípios, ele gostaria de auxiliar com o que fosse possível, não exigia pagamento, nem em dinheiro nem em espécie, considerava que o capitalismo havia acabado com a solidariedade entre os homens e hoje tudo era uma questão de mais valia, no entanto, não gostaria de desviar o assunto, possuía anos de experiência, era um analista famoso, desculpe me intrometer, mas o que faz com um cachimbo a essa hora do dia¿¿¿¿ Fiquei calado e continuei com o cachimbo entre os dentes, soltando devagar a fumaça escura, com algumas pessoas é bom não ter gestos bruscos. Óbvio que isso não é da minha conta, porém em breve dividiremos a mesma moradia, quem sabe até o mesmo quarto, é meu dever prezar pela sua saúde. Não me perdoaria se o visse estrebuchar durante a madrugada sufocado pela própria tosse. Isso vai te matar aos poucos. Faria muito melhor esse serviço se enfiasse uma espingarda na goela e atirasse. Pensei em perguntar qual calibre ele sugeriria. Você tem uma aparência terrível, parece um bebê gigante com icterícia, sabe o que deveria incluir na sua dieta¿ Fígado de boi, é isso, acabaria com esses olhos fundos e essa palidez, minto, não parece um bebê, você se assemelha mais a um defunto recém-saído da cova! Talvez esteja convivendo demais com a futura defunta. Um dia de sol reporia um pouco da vitamina D. Mais uma razão para aceitar a minha ajuda. Teria o maior prazer em olhar a morta. Senhor doutor, ela não é uma morta, está apenas doente e talvez, por um milagre de Deus, se recupere. Muito engraçado querido criado, mas duvido que Deus esteja preocupado em salvar alguém, você tem noção da quantidade de habitantes na Terra¿ Bem, me dê isso imediatamente, não suporto ver ninguém tentando morrer deliberadamente na minha frente! Você por acaso é um bastardo¿ Seu pai te criou muito mal! Com mil diabos, nem cem anos de análise melhoraria seu gênio! Você sabia que têm homens que são extremamente resistentes à análise¿ Aposto que você é um desses! Homens desse tipo acreditam que uma enxada e uma marreta acabam com qualquer problema. Coitados, tão ingênuos! Se quiser posso testar se também é resistente à hipnose. Vamos, me dê logo esse cachimbo! O mais interessante de tudo isso é que eu pude ver claramente, o tal médico estava tragando de bom grado um enorme charuto. Onde eu estava¿ É mesmo, estava explicando sobre meus clientes, fui analista de muitas atrizes e de pintores importantes, não podia relatar todos os casos, era coisa confidencial, se pudesse daria um livro! E que livro! Agora estava interessado em novos desafios, sem desafios a vida não tem a mínima graça. Percebi pela sua facilidade com as palavras que era um grande locutor, um verborrágico, não tinha uma boca, tinha um cardume, em compensação suas orelhas mais pareciam dois grãos de feijão, duvidei que fosse capaz de ficar horas escutando as histórias inusitadas dos pacientes, os quais afirmou categoricamente que tratou com afinco e hoje já não precisavam dele, já que a maioria estava morto e enterrado e você sabe, mortos normalmente não aceitam bem os analistas.

Particularmente acho isso uma bobagem, a análise é recomendada para qualquer ser, esteja vivo ou morto. Não sei se conhece, bem, claro que não deve conhecer nada sobre a minha profissão. Mas, existiu há alguns anos um grande analista que fez um trabalho estupendo com um casal de mortos, uma espécie de terapia de casal post mortem. Imagino que tenha dado um trabalho daqueles! Não conheci o analista pessoalmente, no entanto, tive acesso aos documentos que confirmam a história. Deixei que explicasse com detalhes as suas motivações e a sua vida passada, aliás, ele falou até da quinta geração que o antecedeu, contou tudo o que ocorreu antes de resolver deixar tudo para trás e peregrinar, andou até encontrar o povoado, motivado por essa parente íntima, não se arrependia de nada, talvez apenas de não ter trazido mantimentos suficientes para a viagem, agora não adiantava lamentar o estômago vazio, se nós pudéssemos hospedá-lo provaria ser de grande valia, sabia cortar lenha, rastelar, capinar e até serviços que requerem muita presteza como colocar linha dentro do buraco da agulha. Duvido que se arrependerão de me ter como hóspede, é bem mais provável que me amarrem ao pé da cama quando eu resolver ir embora. Isso eu duvidava muito!!! No entanto, não estava disposto a pagar para ver. Como falou por mais de uma hora seguida, resolvi interrompê-lo, sabia que não pararia voluntariamente de tagarelar, fui bem direto com o sujeito, precisava de algo que provasse que ele era quem afirmava ser. Quase todo doido que passava por essas bandas afirmava ter parte com a família ou parentesco com algum defunto da casa. Às vezes, até traziam fotos desbotadas e impossíveis de reconhecer. Se eu deixasse que todos entrassem para um chá da tarde, logo a pensão estaria abarrotada de lunáticos. Eu estava ali para proteger os interesses dos meus patrões e não para servir de distração a homens de má índole. Nessa hora ele começou a gritar desesperadamente: Malditos burocratas!!!! A burocracia comeu o cu de Deus! Se contentam apenas com papéis de cartório!!!! Será que a palavra de um homem honesto não vale nada¿¿¿¿ Precisam de provas¿¿¿ Por acaso o digníssimo senhor também quer ver a minha árvore genealógica¿¿¿¿ Quer saber o meu tipo sanguíneo¿ Um homem jamais deve duvidar da conduta de outro! Isso não vai bem!!!! Ah, não vai mesmo!!!! Onde esse mundo vai parar¿¿¿ As pessoas não se respeitam mais!!!! Idolatram papéis carimbados!!!! Estou começando a ficar com uma tremenda enxaqueca! E não tenho a maldita de uma aspirina! Como ousa me acusar desse modo¿ Eu é que deveria pedir provas da sua existência!!! Onde já se viu um homem dessa estatura fumando cachimbo em pleno começo de tarde!!!! Não me assustaria nem um pouco se em seguida sacasse uma xícara de café de dentro dos bolsos ou tirasse um coelho assado de dentro do colete!!! Que tipinho mais impertinente!!!! E seu eu tivesse um maço de dinheiro¿ As coisas seriam diferentes¿ Que pergunta tonta!!!! É claro que seriam diferentes! Você lamberia minhas botas seu mercenário de meia tigela!!!! Aposto que até desencravaria as minhas unhas do dedão, do pé direito e do pé esquerdo!!! Onde já se viu!!! Um médico nunca precisa apresentar provas de sua eficiência! O próprio tempo se encarregará disso! Somos os salvadores do mundo!!!! Fique sabendo que eu já ressuscitei mais de cem homens!!! E depois disso viveram mais de cinquenta anos sem uma sequela sequer! E você vem com essa conversa fiada de provas¿¿¿ Exijo neste instante a presença do seu patrão! Acabo de me arrepender de me abrir dessa forma com um empregadinho! Vamos, traga seu patrão, no mínimo, é um homem razoável! Embora eu tenha lá minhas dúvidas, um homem no seu juízo perfeito não contrataria você nem para tirar as bostas dos estábulos! Não me olhe com essa cara de paspalho!!!!! Evitei ao máximo amolar meu patrão com um desmiolado desses, mas vi que era inútil enxotá-lo, era só eu abrir a boca e insinuar que era melhor deixar a porta e ele se descontrolava, ameaçava jogar as botas em cima de mim, fazia discursos extensos e desconexos. Deixei-o sentado na soleira aos berros e fui até o interior da casa à procura do meu patrão, talvez ele tivesse alguma ideia de como despistá-lo. Minha cabeça já começava a perder o bom senso. Ele não tardou em me acalmar, era melhor que o louco não entrasse, não havia nenhuma evidência clara de parentesco, não tinha notícias de que sua esposa possuísse parentes por essas bandas, era melhor deixá-lo lá mesmo, do lado de fora, não havia de morrer tão cedo, o tempo andava quente, não pegaria nem uma friagem sequer, pela sombra projetada ele deduzia que era um homem de porte grande, não teria problemas em pegar um pouco de sol, quem sabe assim colocava os parafusos no lugar, de mais a mais, homens descontrolados não têm parada, logo desistiria e iria embora. Não devíamos dar muita trela. Não precisávamos fazer nada em relação a isso, bastava sentar e esperar. Aliás, para não parecermos demasiadamente rudes leve um banquinho para o doido e um cacho de uvas, ah, também lhe ofereça uma jarra de água, talvez o delírio viesse da falta de água no organismo, quem sabe voltasse ao normal ao se hidratar. Eu duvidava da lógica do meu amo, mas, não podia contrariá-lo, não fazia parte das minhas funções. Imediatamente cumpri o que meu patrão sugeriu. Ao voltar o homem estava mais calmo, com o semblante mais amigável, agradeceu efusivamente a gentileza, sabia que o meu patrão deveria ser um homem bom e reconheceria a amizade de um parente próximo, ainda mais se este fosse um doutor renomado. Expliquei que o meu patrão não o convidou a entrar, pelo contrário, não havia nenhum motivo para que acreditasse nas suas palavras, palavras bem confusas, por sinal. Além disso, não era um homem facilmente impressionável, um título não dizia nada ao meu patrão. No entanto, é um homem pacífico e permitiu que fique acomodado no banquinho pelo tempo necessário. Porém, esperamos sinceramente que seja breve. Se precisar de algo, bem, imagino que parta antes disso, temos muito serviço atrasado na pensão e não podemos dispensar tempo com alguém que não é nosso hóspede, espero que entenda e não veja essa atitude com maus olhos. Com licença, preciso tratar dos meus afazeres. Espere, não vá ainda, apenas um minuto. Sim, diga, rápido. Estava pensando, esta uva está um tanto azeda, também poderia arranjar uma vasilha melhor para colocá-la, afinal, não está dando ração a um reles cachorro! Você não teria alguns pêssegos para me oferecer¿ Também não faria desfeita se trouxesse uma nectarina da Malásia, se não for incomodo, é claro. Não estou aqui para incomodar, pelo contrário, aliás, se me desse permissão eu mesmo iria até a fruteira, como isso não é possível, vejo por essa sua cara terrível, cheia de nãos, então, me conformo em esperar aqui mesmo, mesmo sabendo do tamanho da injustiça que estão cometendo, não poderia esperar nada diferente de homens comuns. Com certeza ainda vão me pedir perdão de joelhos! Ah, se possível traga uma almofada para que o banco não acabe com a minha bunda, não gosto de comentar isso com ninguém, chega mais perto, preciso sussurrar no seu ouvido, eu tenho um sério problema de hemorroidas, ano passado sangrei feito um condenado, inutilizei umas vinte ceroulas, se sentar nesse banco duro nem sei o que pode me acontecer ao levantar. Vamos, seja sensato, não se esqueça de trazer um apoio para minhas costas, costumo ter dores terríveis, resquício de uma hérnia de disco mal curada. Imediatamente comecei a coçar meus ouvidos, eu não poderia estar escutando aquilo, o doutor não parava de fazer exigências, mais parecia que eu era o seu empregado. Me perdoe, senhor doutor, gostaria de reiterar, temos muito trabalho lá dentro, seria um absurdo eu atender a todas as suas exigências, eu faço tudo praticamente sozinho nesta pensão, não vou ficar correndo de dentro para fora porque o senhor assim deseja. Como se atreve¿ Estou pedindo o mínimo para sobreviver nesse fim de mundo, além do mais, não precisaria me trazer nada se tivesse permitido minha entrada. Mas, tenho certeza que deve ter inventado mil e uma a meu respeito para o seu patrão, por isso ele me impede de entrar, pois fique sabendo que não arredarei o pé daqui, você querendo ou não vou esperar para poder cuidar da minha querida sobrinha! Já que continua aí parado feito um dois de paus, veja se me consegue ao menos um cigarro, parei há anos, no entanto, todo esse estresse me fez recair no vício! E não tente se inocentar, você tem uma grande parcela de culpa nisso! Não passava mesmo de um louco, fazia menos de cinco minutos que o vi fumar feito uma chaminé e agora quer me culpar! É cada um que me aparece para atazanar o juízo! Entrei e tentei esquecer que existia alguém do lado de fora, embora frequentemente minha cabeça voltava a atenção para lá, como se fosse responsabilidade minha zelar pelo louco, logo eu que tinha mil preocupações e afazeres mais urgentes. Fui para o armário de quinquilharias, limpei uma bota suja e velha e comecei a tirar o mato alto que estava encobrindo uma parte das flores, quase me esquecia da existência do médico desequilibrado, porém, ele não se esquecia da minha presença, mesmo deixando claro que não pretendia vê-lo tão cedo, tocava a campainha insistentemente. Primeiro coloquei um tampão nos ouvidos, estava disposto a fingir completa surdez. Foi em vão, ele apertou a campainha por uma hora ininterrupta. Resolvi ir até a porta e pedir para que parasse com o inferno do barulho, eu precisava de silêncio para fazer meu trabalho em paz. Não me espantou o fato de ele considerar minha reclamação inapropriada. Me perdoe camarada, não tive a intenção de irritá-lo, mas é impossível ficar plantado nessa pocilga sem ao menos ter direito a uma limonada suíça, tenho certeza que isso não te atrapalhará em nada, aliás, você pode aproveitar para descansar os músculos, convenhamos que você não é exatamente um homem dotado de músculos incansáveis, eu sou um médico da alma, por isso,

isso não me incomoda de forma alguma, no entanto, caso eu fosse seu patrão, jamais o contrataria, deve interromper o trabalho a toda hora para retomar o fôlego. Enfim, não peço nada impossível, apenas uma limonada suíça e, se possível, peço que me traga, não precisa ser hoje, pode ser amanhã na hora do almoço, um doce aerado com calda de rosas. Prezado doutor, eu reitero que não estou aqui às suas custas, não te devo nada, assim não me acho no dever de agradá-lo ou paparicá-lo. No entanto, trarei uma limonada, quanto ao doce, esqueça, eu duvido que o meu patrão permita que continue plantado nesta porta. Trate de arrumar as suas coisas e se escafeder, não quero utilizar a força. Muito engraçado, me faz gargalhar, então, quer dizer que está me ameaçando¿ Fique sabendo o senhor que fiz anos e anos de artes marciais e te imobilizaria em menos de um segundo. Eu nem teria coragem de lutar com um homem como você! O que quer dizer com isso¿ O que o doutor está insinuando¿ Não estou insinuando nada, apenas afirmando que é um homem franzino, não teria escrúpulos nenhum se machucasse um homem com seu porte. Eu luto apenas com homens que tenham uma chance de me vencer. Você claramente não faz parte deste grupo. Não se irrite comigo, infelizmente, com o tempo, adquiri esse péssimo costume de só dizer a verdade, doa a quem doer, não é nada contra a sua pessoa, é uma questão de posicionamento ideológico. Se está à procura de conversa fiada, é melhor não se consultar novamente comigo. Deveria agradecer que não estou cobrando nada pela consulta. A humanidade não deve pagar para ser iludida descaradamente. Era muita petulância, eu precisaria estar em delirium tremus para me consultar com um maníaco deste porte. Queria que aquele doutorzinho de araque e seu posicionamento ideológico fosse para os quintos do inferno! Não havia nada mais detestável do que essas pessoas que afirmavam falar a verdade custe o que custar, e quem neste mundo maldito está interessado na veracidade dos fatos¿ Eu teria que ser muito idiota para esperar que os homens me ditassem verdades! Aliás, não estava interessado em debater com ninguém, o silêncio me soava muito mais certeiro, um homem calado tem dez vezes mais chances de sobreviver do que um falastrão. Entrei e o deixei falando sozinho, ele demorou cerca de dez minutos para perceber. Fui até a cozinha, peguei uma jarra de dois litros e fiz uma limonada suíça e levei para o inconveniente doutor. Ele, com uma cara azinhavrada, tomou a limonada das minhas mãos, observou que eu não deveria ter tido preguiça, deveria ter coado o suco, mas dessa vez ele me perdoaria. Sai mais rápido do que cheguei, fiquei com receio de responder à altura a provocação, às vezes, desconfio que nasci com sangue de barata, tamanha a minha paciência com esses tipinhos insuportáveis, enfim, todo criado nasce ou adquire sangue de barata com o tempo. Perguntei ao meu patrão se ele queria que usasse a arma, poderia assustar aquele homem facilmente, bastava alguns tiros para o alto. Meu patrão olhou com cara de paisagem, permaneci desse jeito por cerca de cinco minutos, depois se virou para mim e constatou, você sabe, sou um pacifista, desde que entrei para a meditação transcendental não me agrada nem um pouco utilizar a violência para alcançar os fins, o universo está pronto para nos atender, é só saber pedir, repita comigo: eu sou forte, eu sou bonito, eu sou rico, eu sou gentil, eu sou um sucesso. Esse é um mantra infalível, depois de alguns dias todos os seus problemas desaparecerão e você nem se lembrará que um dia conheceu um homem sem cabeça. Confesso que achava lindo todo aquele discurso sobre paz e autoconfiança, mas preferia o meu patrão quando ele sabia dar ordens concretas e não esperar que o universo resolvesse os seus problemas. O que seria do jardim se eu esperasse que as ervas daninhas resolvessem não atacar as espécies frágeis¿ Sim, meu patrão, adoraria esperar que o mantra funcionasse, no entanto, estou apenas pedindo sua permissão para dar um empurrãozinho e realizar a vontade universal. Tudo bem, Estevão, se acha que isso pode ajudar, faça como preferir, não estou com cabeça para pensar em mesquinharias. Estou em meio a algo muito maior, você sente a força se expandindo ao redor do meu corpo¿ Não sentia absolutamente nada, mas achei melhor me calar, embora a mudez deve ter denunciado minha ausência de sentimentos. Claro que não sente, como poderia¿ Você ainda é um ser involuído, tudo bem, um dia chegará lá e saberá sobre o que eu falo! Não entendi exatamente o que ele queria dizer com tudo aquilo, o principal é que ele me dava permissão para usar o revólver semi-automático. Adoro essas tecnologias que nos eximem da responsabilidade, antigamente teria que usar um cutelo ou um facão. Fui até o depósito do fundo, peguei a pistola e carreguei, não precisava encher de balas o tambor, duas me bastavam, eram suficientes para espantar aquela persona non grata, apenas um susto e tudo voltaria ao estado normal, poderia voltar às tarefas de sempre. Coloquei o revólver dentro da calça e fui para frente da pensão, o psicanalista maluco não pareceu surpreso por eu ter voltado, continuou sentado no banquinho sorvendo com devoção a limonada, fingiu não se importar com a minha presença, melhor assim. Retirei a arma da cintura e apertei o gatilho, certo de que esse fato alteraria a ordem das coisas, no entanto, a arma travou, continuei apertando o gatilho e nada! O psicanalista não conseguiu me ignorar, começou a gargalhar. É mesmo um empregadinho de segunda categoria! O que você pretende com essa arma¿ Para atirar em patos selvagens cairia melhor uma espingarda. Queria mandá-lo à merda, mas me controlei. Bem, vejo que necessita da minha ajuda com isso, venha aqui, pode deixar que desemperro essa arma. Gritei que não era necessário, não precisava da ajuda de ninguém. Ele continuou gargalhando, disse que não era isso que parecia e continuou se aproximando de mim, pedi que ficasse longe, foi inútil. Avançou para cima de mim e puxou a pistola da minha mão, porém, ao fazer isso o revólver disparou. Não me assustei, já tinha visto isso acontecer antes, quando olhei para o psicanalista vi que o pé dele estava ensanguentado. Antes de apontar para o seu pé, ele estava tranquilo, mas assim que viu o sangue começou a berrar feito um maluco. Me controlei para não atirar de novo no meio das suas fuças. Respirei, pedi que esperasse, não tinha como tomar nenhuma decisão sem consultar meu patrão. Entrei e bati na porta do seu quarto, ele demorou a responder, disse que estava meditando e eu estragara todo o seu esforço em alcançar o samadhi. Se dependesse de mim ele nunca seria capaz de conhecer a verdadeira paz de espírito. Patrão, é urgente, não posso poupá-lo por mais tempo, tentei me livrar daquele doutor lunático, mas agora ele está lá fora se esvaindo em sangue. O que faremos¿ Deveria adivinhar que aconteceria isso, deveria ter te impedido de usar armas de fogo. Nunca vi alguém tão incompetente com miras, se tivesse que caçar um pato selvagem me traria um urubu com certeza. Me pergunto quem foi o jumento que te ensinou a atirar. Está vendo¿ Acabei de poluir toda a minha mente com palavras negativas! Bem, agora já está feito, não adianta chorar o leite derramado, o negócio é limpar a sujeira do fogão. Vou lá dar uma olhada, não podemos ser responsabilizados por mais um assassinato neste povoado, caso ele morra teremos que ao menos esconder o corpo dos abutres. Vira essa boca para lá, vaso ruim não quebra fácil. Se fosse assim o Diabo jantaria conosco todas as noites. Não tenha tanta certeza que já não tenha comido em sua companhia. Vamos logo, pare de conversa fiada e vamos logo resolver esse assunto, está vendo¿ Já não resta nada da minha meditação, já estou uma pilha de nervos de novo, assim nunca vou alcançar a iluminação e a culpa é toda sua! Parece que ninguém nessa casa se preocupa verdadeiramente com o meu bem-estar, me tratam feito um homem sem religião, sem espiritualidade. Não levam a sério a minha inclinação para as coisas do espírito. Ainda serei um monge, escrevam isso que digo! Espere, é melhor levar o cão, onde está Zayron¿ Aquele cachorro nunca aparece quando precisamos dele! Não o vejo há dias. Deve estar esparramado em algum cômodo, é mesmo um cão de guarda inútil, se dependêssemos dele para proteger a propriedade estaríamos perdidos, não vale mais do que um rato de laboratório. Espere, vou procurá-lo e já volto. Não falei¿ Estava deitado na cama do quarto de cima, com uma calcinha de Estela nas fuças, ainda não perdeu essa mania de arrancar as calcinhas do varal, só faltou me pedir para apagar a luz do abajur e não incomodá--lo. É um imprestável, mesmo! É o famoso boi sonso que derruba a cerca. Venha, Zayron, vamos ver o que você acha do nosso novo hóspede. Como assim¿ Novo hóspede¿ Pensei que não o deixaria entrar. Não acho apropriado hospedarmos um homem que não está bem do juízo. Mas, não foi você mesmo que disse se tratar de um médico¿ Sim, ele afirma ser um médico de cabeça, no entanto, isso não o absolve da própria loucura. Quantos médicos você conhece que não conseguem limpar a própria bunda¿ O que você sugere¿ Que eu deixe escorrer todo o sangue do homem feito um porco de véspera de Natal¿ Não nos restam muitas opções. A culpa é sua! Se não tivesse inventado esse negócio de tiro ao alto o doido já teria se escafedido. Tanta coisa importante para me preocupar e agora tenho que perder tempo com um andarilho. Me perdoe, patrão, discordar, mas não acho provável que esse doutor fosse embora tão cedo, tentei várias vezes expulsá-lo e foi tudo em vão. Ele não tinha intenções de abandonar este lugar. Não mesmo! Está mais parecendo um jegue empacado, diz que jamais abandonaria um parente, encasquetou que Esther é a sua prima consanguínea ou algo que o valha. Esse doutor com certeza deve estar confundindo Estela com outra pessoa, minha mulher não tem parentes, ela nunca comentou sobre a sua origem, no entanto, se tivesse algum parente por essas bandas, com certeza eu teria ciência disso. Somos mais do que marido e mulher, somos confidentes, ela não me esconderia nada, nada mesmo! Sim, também achei bem estranha a insistência desse homem em cuidar de Augustina, é bem provável que tenha escutado o nome de Estela em algum lugar e quis se aproveitar da situação, já que ela não pode falar por si, é improvável que ela consiga desmenti-lo. Agora não adianta ficarmos matutando sobre a estirpe desse homem, colocamos ele para dentro, tratamos do machucado e depois o mandamos embora. Existem tantos quartos vazios nesta casa que será bem improvável que o encontremos com frequência. O mais fácil é esquecer-se de sua presença e ele nunca mais ir embora. Afinal, quantas vezes nós mesmos nos deparamos por semana¿ Raramente nos vemos. Espero que esteja com a razão, não confio nem um pouco nesse doutorzinho. Vamos, antes que ele se esvaia em sangue. Até que enfim apareceram! Pensei que me deixariam morrer na míngua! Vocês por acaso tem uma pedra no lugar do coração¿ Nem precisa responder! Tudo fiz para me mostrar solícito e ganhei apenas a ingratidão de dois marmanjos! Muito me admira que um patrão se deixe levar pelas mãos do empregado, ainda mais mãos tão esquálidas! Cada um tem aquilo que merece! Não insistirei mais em ajudá-los! Podem ir, não quero mais entrar nessa casa! Deixe Dolores morrer sem se despedir do querido primo. Está louco¿ Ninguém morrerá aqui, Ester tem apenas um leve mal estar, logo passará! Se é isso que diz! Deixe pra lá! Se possível me tragam uma caixa de primeiros socorros e eu mesmo dou um jeito nisso. Recuso a esmola de vocês, podem ir e não lamentem caso eu tenha uma trombose, quase a minha família toda perdeu a perna, eu não serei nem o primeiro nem o último a ter um membro amputado. Pedi que o meu patrão respirasse fundo, daquele mesmo jeito que ele fazia durante as meditações infinitas, assim não se daria conta daquele falatório inútil. Zayron não parava de latir um minuto, começou a rosnar para o doutor, ameaçando destroçar o pé são. Eu gostava quando Zayron era um perfeito cachorro, com todos os instintos em harmonia. Onde já se viu isso¿ Será que não conseguem dominar nem mesmo um cachorro sarnento¿ Não fale assim de Zayron, ele é um cão especial! Zayron não ligou muito para o elogio e continuou latindo feito um cão normal e raivoso. Pelo jeito teria trabalho para toda a vida nessa casa, precisarei de umas três encarnações para dar jeito nesses desmiolados. Falando em desmiolado, o meu patrão franziu a testa e olhou estupefato para o doutor, começou a gaguejar e apontar em direção a sua cabeça, ou melhor, a falta desta. ESTEVÃO!!!!! COMO NÃO ME DISSE NADA ANTES¿ Como pode esconder um fato tão importante sobre o hóspede¿ Não estava entendendo direito a qual fato o meu patrão se referia. Me virei na direção em que ele apontava e só então constatei algo peculiar e realmente não conseguia compreender como não tinha reparado nisto antes. Aliás, pior do que isso, eu tinha certeza que eu vi o doutor com a cabeça, inclusive fumando feito uma chaminé! Definitivamente não estava compreendendo mais nada, onde tinha ido parar a cabeça do doutor¿ Não que esta fizesse tanta falta, afinal, não ter cabeça justificava muitas das patifarias que ele pronunciava. Pedi uma explicação urgente, se não tinha cabeça como falava pelos cotovelos¿ Meu caro, subalterno, é exatamente isso! Eu falo pelos cotovelos! De forma alguma necessito de uma cabeça, esse órgão caiu em desuso faz tempo! Vai me dizer que nunca percebeu que as cabeças não fazem falta nenhuma¿ Vai me dizer que vocês nunca tinham percebido que as pessoas não usam mais cabeças¿ Ah, sim, chapéus elas continuam usando, mas um chapéu tem muito mais utilidade do que uma cabeça! Está evidente que muitas delas ainda não conseguiram parar com a mania dos chapéus, porém isso é apenas uma questão de etiqueta, alguns homens detestam estar fora da moda, como jamais me preocupei com convenções, não usar chapéu nunca me incomodou, embora confesse que algumas vezes seria bem útil para amenizar as queimaduras do sol. Já a cabeça raramente me fez falta, até costumava trazê-la dentro da mochila, quando me sentia um pouco deslocado encaixava a cabeça no pescoço e me sentia mais confortável. O problema é que duas meninas pentelhas passaram por aqui agora há pouco e roubaram a merda da mochila. Nem é a cabeça que me faz falta, mas não posso viver sem meu charuto, sem ele, me sinto completamente sem ideias. E, embora quase ninguém perceba, as ideias não estão confinadas na cabeça, de forma alguma! Acho melhor entrarmos, ele me parece inofensivo, que perigo um homem sem cabeça poderia representar¿ Além disso, ele continua sangrando, se continuar aqui fora, além da cabeça vai perder o pé. O que vocês estão achando que eu sou¿ Eu respondo por mim mesmo! Agora acham que só porque não tenho cabeça podem decidir qualquer coisa sobre minha pessoa¿ Além disso, na verdade, eu tenho uma cabeça, ela está na mochila com aquelas duas pestinhas! Sei que sou apenas o empregado, mas sugiro que acate as ordens do meu patrão, se o problema é o charuto, não se preocupe, eu te arranjo alguns charutos cubanos. Como assim¿¿¿¿ Está pensando que sou qualquer um¿¿¿¿ Me nego a colocar qualquer objeto cubano na minha boca!!!! Ou melhor, em qualquer orifício do meu corpo, já que enquanto não acharem minha cabeça não poderei tragar pela boca. Vocês devem saber muito bem quem são aquelas pestinhas! Se bobear foi a mando de vocês! Eu realmente não sabia a quem o doutor se referia, embora houvesse em minha mente uma vaga lembrança de crianças percorrendo a pensão. Deixa para lá, devem ser coisas de outra vida. O doutor é quem sabe, não há charutos de outro lugar por aqui, ou fica com os cubanos ou não fuma, talvez faça bem para limpar o seu pulmão. O que está insinuando seu empregadinho de merda¿ Meu pulmão está ótimo! Só não corro cinco quilômetros para comprovar isso porque você fez o favor de atirar no meu pé. Realmente em relação a este fato eu não poderia retrucar, tinha tido a infeliz ideia de atirar ao alto, mas bem na hora fui acometido por uma câimbra terrível e o tiro acabou desviando. Meu patrão nunca vai acreditar que fui acometido por uma câimbra, considera que não tenho manejo com armas de fogo, resolvi não explicar, ele poderia ficar ainda mais furioso. Além disso, isso seria o mesmo que admitir que o homem sem cabeça tem razão sobre eu possuir uma compleição física de maricas. E isso é uma grande mentira, está certo, não possuo músculos definidos como desses brutamontes que carregam pedras com o dedo mindinho, mas também não tenho um corpo feminino, tenho certa compostura, tenho ossos largos, podem não ser tão recheados de carne, mas são fortes e aguentam o tranco, além disso, o rato é pequeno e assusta o elefante, tamanho e força física não são tudo. Você é hilário, rosnou o doutor. Pensa que não escutei o que disse¿ Fique aí ruminando com a própria cabeça desculpas para o seu fracasso. Todo fracote tem a mesma desculpa, tamanho não é documento. Uma ova que não! Quero ver você ter coragem de falar isso em uma sala cheia de lutadores de boxe!

Aliás, nos meus tempos áureos, fui um belo de um lutador, cheguei a ganhar mais de um cinturão de ouro, no entanto, desisti de lutar, estava entediado demais para entrar em entrave com outro corpo, achei por bem começar a estudar os males da alma, se não tivesse desistido da carreira de boxeador, com certeza estaria até hoje nos ringues, mas isso é assunto para uma outra hora. Teremos muito tempo para conversar durante a demorada melhora do meu pé, dói feito o diabo! Não quero ser pessimista, mas, infelizmente, terá que me servir na cama durante cerca de três meses. Você sabe, sou médico, sei exatamente o estrago que fez, por pouco não pega nos meus tendões! Aí sim você iria ver o que é bom, teria que me servir para o resto da vida! FILHO DA PUTA!!!! Esse doutorzinho de araque embora não tenha um fio de cabelo na cabeça, aliás, nem cabeça ele tem, com certeza está bolando planos mirabolantes para ficar me atormentando enquanto se recupera. Ah, essa é boa! Está redondamente enganado se pensa que pode me fazer de idiota, vamos ver quem pede água primeiro! Vamos, me ajude aqui ou acha que tenho forças para me levantar sozinho¿ Bem, acho melhor que entre na pensão e procure uma cadeira de rodas, me recuso a andar escorado no seu ombro, não duvido nada que caia feito um melão maduro, não aguenta levar nem uma criança raquítica nos braços, como acha que vai aguentar com um ex-lutador¿ Não estou brincando! Vá agora! Não quero ficar com o coco queimando ao sol! Mas, está louco¿ Se está falando sobre a sua cabeça, fique sabendo que as meninas ainda não devolveram a mochila. Não, seu jumento, estou falando sobre o coco mesmo! Água de coco quente é terrível! Veja, encontrei dois cocos no caminho, mas não tinha nenhum instrumento para abri-los. Eu mereço uma coisa dessas! Devo ter jogado pedra na cruz ou enganado o Diabo! Não é possível! Como vou suportar três meses de convivência com um homem desses¿! Deus me perdoe, espero não ter de liquidá-lo antes do seu pé sarar. Maldita seja a hora em que inventei de dar aquele tiro para o alto! Talvez se não tivesse feito nada esse infeliz já tivesse desistido de ficar pregado na porta, talvez até partisse, como disse meu patrão, agora serei obrigado a aturá-lo e não vou poder reclamar, todo castigo para corno é pouco. O negócio agora é procurar alguma coisa e abrir esses cocos, melhor perder o juízo do que a cabeça. Peguei uma chave de fenda e enfiei com força, a água jorrou, coloquei no copo e levei para o doutor, ele resmungou, mas bebeu tudo, depois arrotou e pediu que procurasse logo a cadeira de rodas, pois seu pé estava formigando, não aguentava mais ficar com a faixa para estancar o sangue. Fui até o rancho e encontrei uma cadeira de rodas caindo aos pedaços, tirei as teias de aranha, limpei o pó com um pano molhado e levei para o doente. Que porra de cadeira velha é essa¿ Não tinha nada pior, não¿ Tudo bem, se preferir, se arraste até a pensão. Você é um empregadinho muito petulante! Se tivesse em condições normais não me furtaria em te dar pelo menos três croques nessa cabeça inchada! Mal posso esperar o dia de abrir a sua cabeça para verificar o que tem dentro, com certeza é uma cachola cheia de merda! Você tem duas opções, reclamar feito um bode velho ou tentar subir na cadeira, não faço questão de ajudá-lo. Acho melhor começar a me tratar muito bem! Essa é boa! Acha mesmo que devo tratar burro a pão de ló¿ Você é quem sabe, quando o seu patrão descobrir que sou bem íntimo da defunta, quem você acha que ele beneficiará¿ Se eu fosse o doutor pararia de chamar a Augustina de defunta! Isso poderá despertar a ira do meu patrão e caso isso aconteça, com certeza perder o pé ou a cabeça será o menor dos seus problemas! Não fale asneiras! Não chamei ninguém de defunta! Está colocando palavras na minha boca! Tem provas que chamei Esther de defunta¿ Vamos, prove! É um homem muito cínico mesmo! E você não acabou de chamá-la de defunta há menos de cinco minutos¿ Ah, serviçal! Você não conhece nada dos homens, então, o que eu falei há sete minutos é prova coerente contra minha pessoa¿ Pois, saiba, quem morreu de manhã já está com o corpo fedendo! Será que é um louco incorrigível¿ De que diabos está falando¿ Estou dizendo, meu amigo, que não podemos acusar um homem por algo que fez no passado. Como assim, passado¿ Você falou isso há dez minutos! E, por acaso, é futuro o que já foi dito¿ Você é muito esperto, evidentemente está tentando me ludibriar com seus rodeios temporais. Já te contei a história da bússola¿ Não contou e sinceramente não faço questão de escutar suas caraminholas. Como assim caraminholas¿ Nada disso! Eu inventei a bússola! Duvido! Você não é capaz nem de inventar um estilingue! Pois, você está redondamente enganado! Eu sei, nunca acreditamos que um gênio possa estar tão perto de nós, mas isso acontece o tempo todo, por acaso imagina que Tomas Edson não tinha vizinhos ou era filho de uma chocadeira¿ Claro que o crédito da invenção não é todo meu, na verdade o responsável majoritário é o meu grande amigo, o físico Juan Salazar, foi ele que me deu de presente de aniversário algumas agulhas magnéticas. Ele disse que o presente podia parecer inusitado, no entanto, aquelas agulhas tinham propriedades incríveis e por isso, representava com perfeição a estima que tinha por mim. Não dei muita importância para aquilo, mas como se tratava do agrado de um amigo querido, fiz questão de guardar com muito zelo. Naquela época eu era muito jovem e viajava pelo mundo, de forma que o melhor lugar para guardar as agulhas magnéticas era o bolso das calças, já que durante as viagens eu não adquiri o hábito de me banhar com frequência, pois nem sempre encontrava uma alma bondosa disposta a me dar um leito e uma toalha.

Um ano depois, no meu aniversário, esse mesmo amigo me deu de presente uma rosa dos ventos. Eu continuava viajando pelo mundo, também continuava com o costume de tomar banho apenas a cada dois meses, dessa forma o bolso das calças continuava sendo o melhor lugar para guardar um objeto tão valioso. Sim, entendi. E o que isso tem a ver com a invenção da bússola¿ Além disso, que eu saiba a bússola foi inventada há séculos! E não me lembro de terem sido citados o seu nome ou do seu amiguinho. É aí que está! A princípio, nada. Mas, como eu disse, deixei os dois objetos guardados no bolso e pouco ou nada mexia com eles, até que dois meses depois encontrei uma velha bondosa, olhando o meu estado e não suportando o mau cheiro, permitiu que eu utilizasse a sua casa de banho. Depois do banho resolvi deitar, antes retirei do bolso as agulhas magnéticas e a rosa dos ventos, quando percebi algo fenomenal, as agulhas indicavam o norte. Está bem e aí, o que aconteceu¿ Nada, tive certeza que estava do lado certo do mapa. Sim, mas o que isso tem a ver com a invenção da bússola¿ Nada, diretamente não inventei a bússola, seu tonto, você mesmo disse que isso era impossível, visto que a bússola foi inventada uns quatro ou cinco séculos antes, no entanto, caso eu e meu amigo tivéssemos nascidos uns séculos antes, seríamos os inventores. Sabe, caro doutor de meia tigela, me admira muito que as pessoas tivessem a pachorra de entregar seus doentes aos seus cuidados, se eu tivesse um parente e se tivesse apreço por ele, jamais deixaria que você tocasse as mãos nele. Ah, meu querido serviçal do inferno! Fique sabendo que as pessoas andavam dias e dias de camelo para poder escutar meus conselhos médicos e nunca se arrependeram, está certo que um terço dessas pessoas acabaram morrendo de fome e sede no caminho, mas eu não posso me responsabilizar pelo percurso dos meus pacientes. Já tratei de reis, rainhas, príncipes, cineastas, atores e atrizes de fama internacional, se hoje estou aqui na porta desse muquifo é por amor à Yasmina. De que Yasmina o doutor está falando¿ Não há ninguém com esse nome na região. Imaginei que vocês ignorassem o nome de solteira de Augustina, ela nunca gostou muito que a chamassem dessa forma, dizia que Yasmina era nome de morta, tão tonta, mal sabia que a morte já estava instalada no seu corpo desde o parto. Pelo jeito, você e o seu patrão não sabem muita coisa a respeito de Estela, tenho certeza que ela tinha motivos de sobra para manter algumas coisas em segredo, se eu morasse com vocês com certeza não contaria mais que um décimo da minha vida. Creio que foi isso que Yasmina fez, às vezes, era uma garota esperta, embora nunca tenha se perdoado por ter matado o gato da família por engano. Uma noite, dessas noites em que a lua não aparece, saiu para tomar um ar no jardim, viu algo se mexendo atrás da moita, tinha certeza que algum gatuno a espionava de longe, já que a adolescência começava a lhe deformar o corpo. Não pensou muito, pegou a espingarda na varanda, carregou e atirou, logo escutou um miado longo e insuportável, se negou a olhar o que tinha feito, pediu para que eu enterrasse o bichano. O que eu podia fazer¿ Eu podia fazer o que quisesse, inclusive podia me recusar terminantemente a ajudar a minha querida prima, aliás, muitas vezes me recusei a auxiliar os meus semelhantes. Mas, a partir do momento em que decidi ajudá-la, tinha duas opções, enterrar o animal ou praticar a taxidermia, escolhi a segunda e não me arrependo, graças a Yasmina descobri a minha vocação para medicina, Alfredo foi o primeiro animal que abri na vida e que alegria ver aqueles órgãos tão metodicamente organizados dentro do corpo! Que beleza de visão!!!!! Até hoje sou extremamente grato a Yasmina, ao gato e ao destino, por fazer que minha querida prima confundisse um gato com um tarado! Claro que se perguntar a Estela sobre esse episódio, ela o pintará com tintas infinitamente mais trágicas, desconfio que ela nem se deu conta o quanto contribuiu para a minha decisão. Fico me interrogando sozinho, no escuro: Será que teria me tornado esse psicanalista fenomenal caso Esther jamais tivesse atirado por engano naquele gato gordo¿ Talvez sim, talvez não tenha uma relação tão estreita entre minha profissão e o assassinato do gato, quem sabe se tivesse visto em outro tempo um acidente de carro ou um raio partindo um homem ao meio o mesmo insight tivesse ocorrido. De qualquer forma, na minha cabeça, ou melhor, na minha lembrança é Yasmina que chega primeiro. Não me assusta que hoje em dia Augustina se recuse a ter gatos em casa, ela nunca conseguiu lidar bem com essa história, coitada, custa a admitir que não é o centro do mundo e o seu umbigo, bem, é só uma cicatriz de um nascimento aleatório, como todos os outros nascimentos. É irrisória essa mania dos homens de se considerarem o animal mais inteligente da cadeia alimentar. Bem, serviçal, melhor não comentar sobre essas coisas com a sua patroa. Embora ela já esteja no bico do corvo, talvez essas lembranças a façam piorar ainda mais, melhor ser discreto. Não se preocupe doutor charlatão, eu nem perderia o meu tempo recontando esse seu papo furado. Eu já disse isso, mas digo de novo, minha patroa não está no bico de ave nenhuma, além disso, duvido que ela seria prima de um tipo como o senhor. O que está insinuando seu empregadinho de merda¿ Que não sou bom o suficiente para fazer parte dessa família¿ Eu desconfio do contrário, se quiser posso contar uns bons podres sobre os pais de Yasmina, porém, não farei tal coisa porque sou um cavalheiro e com certeza você está querendo testar minha lealdade. Espere, escute, fique quieto, pare de se mexer, vai espantar o pato selvagem! Esse senhor é mesmo uma piada, confundir um pardal com um pato selvagem, nem se eu estivesse em estado terminal deixaria que me examinasse. Você é mesmo uma múmia! Se tivesse ficado quieto em seu lugar, mas parece uma barata tonta, assustou o coitado do pato, agora quero ver como fará para me trazer um pato com calda de laranja! Ou você está se fazendo de louco ou realmente é um doido, aquilo não era um pato nem aqui nem na China! Aquilo era um pardal! Não adianta fingir que era um pardal só porque espantou o bicho. Aliás, não tenho nada a ver com isso! Me recuso a entrar nessa porcaria de pensão enquanto não me trouxer uma avestruz com calda de gardênias! Mas, você não acabou de dizer que era um pato selvagem com calda de laranja¿ Além de burro é surdo! Claro que não!!!!! É óbvio que disse que era um peru com calda de rosas! E vamos logo! Nunca fui tão mal tratado em uma viagem! Vá logo ou gritarei até o seu patrão vir até aqui ver o que está acontecendo. É óbvio que eu não tinha um pingo de medo do doutorzinho, no entanto, não queria perturbar novamente o meu patrão, ele adorava passar horas e horas meditando, desde que a patroa está de cama, ele pegou esse vício funesto, mas quem sou eu para palpitar¿ Eu acredito que essa coisa de nirvana e estado de êxtase não existe, é tudo invenção de gente que não tem o que fazer. Cada um com seu cada um. O jeito é deixar o doido mais um tempo se esvaindo em sangue enquanto faço um pardal ao molho pardo para o nosso hóspede insano. Tenho certeza que ele reclamará de qualquer coisa que eu fizer e também tenho certeza de que ele não sabe a diferença entre uma galinha e um pombo. Em menos de uma hora, voltei para junto do doutor trazendo a iguaria. Já estava em tempo! Pensei que não soubesse cozinhar com tanta demora! Que absurdo! Sou um cozinheiro de mão cheia! Vamos, experimente, não vai se arrepender! Ele retirou a tampa e olhou com certo ar esnobe para o prato feito com tanta dedicação. Assim eu imagino, que tenha olhado com ar esnobe, pois ele continuava sem cabeça, o chapéu coco marrom escuro amparado no pescoço. De repente me veio a preocupação, como ele comeria a iguaria¿ Não precisei pensar muito, pois logo ele começou a discursar. Não seja idiota, serviçal, já disse que a cabeça nunca me fez falta alguma, pelo contrário, me sinto completamente em paz! A cabeça serve apenas para nos encher de caraminholas, depois que perdi a cabeça vivo da forma que quero, a consciência é uma bosta! Todos os dias levanto minhas mãos para cima e agradeço a Deus por ter colocado a minha esposa em meu caminho! Porque sem a ajuda daquela santa mulher com certeza ainda traria em cima do pescoço a inconveniência de uma cabeça. Se não fossem anos e anos de convívio intenso e guerras cotidianas jamais teria perdido a cabeça. É como eu digo, devemos beijar as mãos daqueles que nos afrontam, devemos foder com cuspe e carinho os nossos inimigos, pois é graças a eles que chegaremos à perfeição! Bem, deixemos as mulheres em seus devidos lugares, o Diabo que se encarregue delas. Vamos, saia de perto, quero ver se é realmente um bom cozinheiro! Fiquei apreensivo, percebi que por um motivo totalmente desconhecido eu esperava a aprovação daquele homenzinho descabeçado. Por que começo a me importar com a opinião desse ser desconhecido e esquisito¿ A mente age de forma misteriosa, minhas mãos tremiam, estava aflito. Hummmm!!!!!! Delicioso!!!!! Até que você não é de todo inútil!!!! Nunca tinha comido um magret de pato tão magnífico! Parabéns, serviçal!!!! Esplêndido! Como disse antes, a mente é um bicho indomável, ouvindo aquele elogio, sem perceber, minha boca se abriu em um sorriso largo, meus olhos se tornaram mais claros e oblíquos, meu estômago não revirava, já não sentia tanta raiva daquele forasteiro e se não tivesse levado uma picada de uma saúva, com certeza o teria beijado efusivamente. A picada da formiga me deixou extremamente irritado e por isso o doutor não percebeu que eu quase caia em seu canto da sereia. A picada fez com que meu cérebro voltasse a funcionar, não me deixaria ser levado por elogios furados! Muito bem, se gostou coma tudo, não quero levar sobras lá para dentro. Emiti essas palavras e logo me arrependi, o homem desprovido de cabeça e de juízo logo considerou a minha atitude suspeita e começou a gritar sem parar. Ah, infame!!!! Seu maldito empregadinho!!!! Então esse era o seu plano¿ Apesar de estar irado com a picada da saúva, meu cérebro não conseguia atinar, estava quase me simpatizando com o imbecil e de repente ele começa a me humilhar. Senhor, sinto não conseguir acompanhar o seu belo raciocínio, o que exatamente quer dizer com esses xingamentos¿ Não se faça de tonto para comer o cu do coveiro! Eu já entendi todo o seu plano. Parabéns!!!!! Pois, eu nem sabia que tinha um plano! Seu desgraçado! Agora entendo porque fez tão bem feito o despenado pato, claro, queria me impressionar. Se fosse apenas isso estaria perdoado, é claro! Mas, não adianta mentir, você colocou veneno no prato! E agora eu já comi mais da metade. Era o plano perfeito, eu comeria o pombo, seria envenenado, morreria na porta mesmo, você faria uma cova rasa e me enfiaria nela. Não precisaria nunca mais me servir. Pena que sou muito esperto para ser enganado de forma tão vulgar! Meu caro, fui casado por mais de trinta anos com uma mulher! E acredite, não existe bicho mais ardiloso que a mulher! Graças a elas vivemos nesse mundo de pernas pro ar, a primeira coisa que fez foi puxar papo com a cobra, roubar a maça e ainda enganar o trouxa do Adão. Ao mesmo tempo em que falava colocava a mão na garganta invisível e tentava vomitar o prato que tive um trabalho imenso para preparar. Minha vontade era esganá-lo, no entanto, levaria tanto tempo para adivinhar onde ficava a sua traqueia que desisti da ideia, continuei em silêncio, pigarreando de leve. Menos de dois minutos depois vomitou uma massa amorfa e nojenta. Está vendo¿ Veja bem o aspecto dessa coisa, é o veneno fazendo efeito! Nunca se esqueça que eu sou um médico, acima de tudo um doutor, e como tal sou recheado de intuição e astúcia! Eu poderia matá-lo agora mesmo, mas não farei isso, perdoarei a sua falta. Sabe como se chama isso¿ Ressentimento, sim, homens rasos como você são ressentidos, algum filósofo já disse isso, não sei se foi Sócrates ou Falcão, não é relevante. O que importa é: eu te absolvo, vamos deixar isso pra lá, você não tem culpa de ter nascido pobre e feio, nem é necessariamente um defeito ser pobre... Embora muitos doutores que conheço afirmem categoricamente que sim. Bem, talvez eu possa te ajudar com a corcunda, continuaria pobre e mal educado, porém, ficaria mais apresentável. Sócrates ou Falcão¿¿¿¿ Ele deve achar que porque não tenho estudo formal sou um idiota, conheço de cabo a rabo toda a história da Filosofia. E quer saber¿ Comeria o ~~rabo~~ de cada filósofo caso os encontrasse pelo meu caminho, só sabem dizer asneiras, se apenas falassem seria até perdoável, mas transformam suas asneiras em tratados metafísicos. Queria saber como o ~~filho da puta~~ tem coragem de falar que pode dar um jeito na minha coluna, nasci assim, provavelmente morrerei assim. Além disso, não sou corcunda, tenho apenas um leve desvio, praticamente imperceptível, sem contar que nunca me atrapalhou em nada. Diria que até ajuda na minha performance erótica. Agora, se o mentecapto pudesse me fazer deixar de ser pobre, aí sim veria alguma utilidade na sua medicina. Respirei fundo, tudo bem, doutor, aceito a sua absolvição, mais algum pedido¿ Vai entrar agora ou quer continuar enchendo o saco da soleira mesmo¿ Você é mesmo um insolente, no entanto, não aceitarei as suas provocações, peço apenas que chame o seu patrão, antes de entrar preciso ter uma conversinha com ele, é bom deixar as coisas bem claras entre nós para que não haja desentendimentos e confusões. Em primeiro lugar, exijo que ele me diga quem são aquelas duas pirralhas que roubaram a minha mochila e, de quebra, a minha cabeça. Estou acostumado a viver sem cabeça, porém, me sinto mais seguro quando ela está dentro da mochila ao meu lado. Pensei em discordar, não queria perturbar novamente o meu patrão, no entanto, eu já estava cansado daquela história furada. O maldito do doutor me dava mais trabalho do lado de fora, talvez se entrasse as coisas ficassem mais calmas. Tudo bem, espere cinco minutos, vou entrar e chamar o patrão, já que isso é tão importante. Assim que cheguei à porta do quarto senti o cheiro fedido do incenso e aquele som do AUM, só me faltava essa, o homem estava meditando. Conhecia aquela ladainha de cor, ficava irritadíssimo quando era interrompido, o que não conseguia entender de forma alguma era o seguinte: se a meditação era para deixar mais tolerante porque ele vivia gritando aos quatro ventos¿ Tem coisa que é melhor não se perguntar. Tomei coragem e bati três vezes na porta, poderia ter batido uma ou duas, mas parece que o três é um número mágico. Ele saiu e parecia mais louco do que das outras vezes. O que não me assustou muito, parece que a insanidade é uma doença lenta e progressiva, tipo aqueles cupins que comem os móveis de madeira aos poucos. Estava com um lenço na cabeça, sem camisa, o umbigo raspado e com um esparadrapo em cima, achei aquilo estranhíssimo. Então, antes de anunciar o que queria, perguntei como ele tinha machucado o umbigo, se estava bem, se sentia alguma dor. Ele soltou uma gargalhada. Ficou sério e depois soltou outra gargalhada. Você está falando por causa do esparadrapo¿ Não se preocupe, isso não é nada! Sabe, estou tentando uma nova forma de meditação, agora faço apenas a meditação transcendental, é mais eficaz! Não sei se você sabe, mas o umbigo é um ponto delicadíssimo do corpo humano, não é à toa que ele nos é amputado ao nascermos. Todo o mal que os outros carregam pode ser absorvido através do umbigo, por isso, a partir de hoje nunca mais andarei por aí com o umbigo descoberto, agora só andarei assim, dessa forma ninguém poderá me atingir! Tem toda razão, meu patrão! Com louco não se discute! Definitivamente eu estava cercado de malucos! O melhor era não pedir muitos detalhes, vai que ele queira se explicar¿ Bem, patrão, deixemos as minúcias de lado. O doutor exige sua presença, já disse para que entrasse e se acomodasse em um dos quartos, no entanto, ele insiste que só entrará se você conversar com ele. Era só o que me faltava! Mais um para tirar o meu sossego e estragar a minha meditação! Mas, como estou me tornando um ser iluminado não reclamarei dos desígnios do Tao. Ninguém passa incólume pela vida, precisamos de provações para testar nossa iluminação. Que seja! Espero que esteja devidamente alumiado para aguentar aquele chato de plantão! Vamos lá! Se não tem outro jeito, pode deixar, estou indo lá agora mesmo. Pensei que quando o meu patrão chegasse, o doutor sossegaria, não foi isso o que aconteceu. Assim que o patrão se apresentou, o doutor começou com a gritaria. O que significa isso¿ Será que você não entendeu, seu serviçal burro! Eu peço a presença do seu patrão e você me traz outro empregadinho¿ Do que você está falando, meu caro¿ Não entendo... Os dois acham que podem me enganar¿ Por acaso, eu sou cego¿ Claramente vejo que não é o patrão, vamos logo, diga ao seu superior que estou ficando irritado com essa enrolação!!!! Doutor, sou eu, o patrão, o marido da Estela. Que mentira mais deslavada! Nunca te vi mais gordo, aliás, nem mais magro! Comecei a gargalhar, pelo jeito a meditação estava mesmo fazendo efeito! O meu patrão estava irreconhecível!!!!

Bem, caro doutor, nunca foi minha intenção te enganar, estava apenas tentando contornar as coisas, meu patrão falava, virava o rosto e me dava pequenas piscadelas, indicando que estava com total controle da situação, eu não precisava me preocupar, ele acalmaria o doutor lunático. Você tem toda razão, nós dois, reles serviçais tentávamos engambelar o senhor, mil perdões! Mas, o que será que o meu patrão pretendia com aquele blá blá blá¿ Eu duvido que funcionaria! Vamos, Estevão, chega de mentiras, iremos lá e tiraremos aquele folgado à força do sofá! O doutorzinho gritava exaltado, isso mesmo! Tire aquele folgado do sofá! Não sabia bem o que ele pretendia, mas imaginei que talvez tivesse algo inteligente em mente, não que eu o achasse singularmente bem dotado, meu patrão tinha uma inteligência bem mediana. Porém, levando em conta que os mais burros políticos são os mais bem votados, talvez funcionasse. Venha, Estevão, já sei como ludibriá-lo! E como fará isso¿ Venha, vou pegar um lenço no armário e um chapéu coco. Claro e depois vai dançar um can can¿ É esse o seu plano¿ Claro que não! Em nenhum momento pensei em dançar! Não seja tonto! Meu patrão colocou agitadamente o lenço em volta do pescoço, depois colocou o chapéu e disse, vamos logo acabar com isso! Realmente não sei como isso aconteceu, me pareceu totalmente inexplicável, mas quando chegamos do lado de fora o meu patrão era dois, um magro, com olheiras, cheiro de cachaça, desajeitado e com jeito serviçal, o outro, com uma feição calma e aristocrática. Finalmente o doutor se deu por satisfeito. Ah, agora sim!!!! Agora vejo claramente um patrão na minha frente! Então, pensaram que podiam me enganar¿ Sou homem safo! De tonto só tenho os dentes! Não entendi muito bem o provérbio, achei melhor me calar. Desde o princípio dos tempos é certo que a vestimenta serve para nos antecipar o caráter de um homem, pelo menos é o que a maioria das pessoas acredita piamente. Se não crê no que afirmo, faça o teste, entre em um armazém de terno, gravata e calças com vinco, espere de cinco a dez minutos e vá de chinelas, se bobear será escorraçado, sairá a golpes de vassoura. O homem se habituou a classificar os outros homens pelas roupas, se colocarmos todos nus, um em frente ao outro, provavelmente causaríamos um surto psicótico, pois não saberíamos como distinguir os bons dos maus, os pobres dos ricos, os analfabetos dos letrados. Sem mais delongas, o que aconteceu foi que me vi perdido no meio de três homens, um sem cabeça, outro descabeçado e um terceiro com cachaça na cabeça. Pensei de que forma terminaria a história. Deveria haver uma maneira daquilo tudo servir para algo aproveitável. Afinal, eu era ou não era um gênio¿ Gênios dão soluções extraordinárias para problemas bizarros. O engraçado é que meu patrão não estava nem um pouco assustado com o fenômeno! Se eu tivesse me duplicado em dois segundos com certeza estaria arrancando os cabelos e correndo do meu outro eu. Não era isso que estava acontecendo, pelo contrário, ele estava totalmente à vontade com a situação, se bobear, estava até se vangloriando por ter multiplicado feito uma ameba. Olhei para o patrão estupefato, ele não se abalou, apenas falou como quem indica uma caminho para um fenômeno inusitado: Você por acaso nunca leu Dostoievski¿ Que pergunta tola! Empregados não leem livros! Não valia à pena discutir com ele sobre os infinitos volumes que havia lido, aliás, eu mesmo pouco me convencia de que a leitura pudesse servir a algum fim, se ao menos as páginas pudessem ser reaproveitadas durante uma caganeira... Sossegue, não precisa ter lido os clássicos para entender, eu mesmo te explico, o patrão disse esbanjando todo o seu discurso pronto e requintado, enquanto isso, o seu duplo nos olhava com um olhar mongoloide de incompreensão. Primeiro tentarei repetir a experiência com você. Vamos lá. Bem, sente-se aí no chão em posição de lótus. Inspira, expira, inspira. Vamos lá, é só fazer isso por mais 660 vezes. Não precisa fazer nada, basta observar a sua respiração. Será que ele estava achando que eu era um dos discípulos perdidos de Buda¿ Pensei em me revoltar, no entanto, eu era apenas um empregado e empregados obedecem. No entanto, não tive paciência de chegar ao número três do exercício, então, meu patrão se deu por vencido. Bem, acho que você ainda não está preparado para a prática. Concordo plenamente, mas será que agora pode me explicar o que esse seu gêmeo nascido fora do tempo faz aqui¿ É muito simples meu caro, a meditação finalmente está mostrando seus resultados, com certeza me tornei um ser elevado, um iluminado, por isso, agora sou capaz de me dividir infinitamente. Quando ele disse isso só consegui imaginar dez mil patrões andando pelos cômodos e me infringindo ordens contraditórias. Não se preocupe, não pretendo ficar me multiplicando à toa, pode ser que haja algum inconveniente nisso. O senhor apenas acha¿ Onde pensa enfiar esse novo empregado¿ Você mal consegue pagar minha cota diária de ração humana, de onde tirará recursos para sustentar mais um¿ Não seja bobo, não se preocupe com ninharias! A safra desse ano será farta, mais uma boca e mais duas mãos para nos auxiliar. Você acha que esse fanfarrão conseguirá ajudar em alguma coisa¿ Olhe só para ele! Não consegue carregar um quilo de sal nas costas. Por favor, da próxima vez que se dividir escolha melhor o seu duplo, esse aí só nos trará problemas. Não seja tão ranzinza! É impressão minha ou está com ciúmes do novo empregado¿ Claro que ele poderá te ajudar! Não se deixe enganar pelas aparências, isso é um erro bem primário! Ele pode ter o corpo um tanto magro e envergado, mas suas mãos parecem mãos de gorila. Conversa fiada! Ele é um beberrão! Não fala coisa com coisa. Muito me estranha a sua atitude, você sempre resmungou por fazer tudo sozinho e não adianta tentar negar, eu apenas fingia não escutar e agora que aparece magicamente um ajudante você quer dar cabo do coitado¿ Trate de se conformar, não quero escutar mais um pio sobre isso. Enquanto o meu patrão dava a ordem definitiva o seu duplo cachaceiro imitava uma galinha, não sei se influenciado pelo pio do meu patrão, saiu feliz da vida ciscando em volta do homem sem cabeça que a essa altura já devia estar bravo com a nossa discussão e não tardou a nos interromper. Bem, vejo que você é um patrão um pouco incompetente, me perdoe falar assim com um senhor tão fino e com um lenço tão tão tão, deixa pra lá, o amarelo não me agrada muito, deve ser isso. Digo, o senhor tem um serviçal mais folgado que o outro! Faça-me um favor!!!!! Acho que o senhor precisa de terapia, precisa aprender a controlar as emoções e mandar com mais rigor! Não pense que não percebi sua fraqueza, não precisa se envergonhar, de forma alguma! Já conheci muitos ditadores que eram péssimos em se impor, eram pisoteados até por baratas, no entanto, depois da terapia viraram outras pessoas. Hoje dormem com as baratas sem um pingo de medo e as expulsam da cama a qualquer hora sem titubear. Tente observar o ambiente ao redor, se bobear os seus empregados mandam no senhor, isso é um verdadeiro absurdo! Olhe para o alto, veja a cor daqueles vidros, o pó acumulado nas venezianas. O senhor acha mesmo que se fosse capaz de impor respeito essa pensão estaria nessa condição lastimável¿ Calma, também não precisa ficar com lágrimas nos olhos, não é para tanto! Pra tudo se tem um jeito, se bobear até pra morte. Não se preocupe, tudo nessa vida e talvez até na outra, tem cura com uma boa terapia. Aliás, posso ser seu terapeuta, não lhe custará nada, pode me pagar com um muquifo aí dentro da sua pensão e com uma porção generosa de comida. Está certo que a sua pensão não é das melhores e se fosse analisar direito você teria que me pagar caro para que eu entrasse num antro desse, mas, o que a gente não faz pelos parentes, não é mesmo, meu caro¿ Não aceito um não como resposta! Enquanto isso o Zayron se encostou no portão e começou a rosnar sem parar. Meu patrão continuou por uns minutos calados, o seu duplo ficou olhando enviesado para o psicanalista, provavelmente não entendeu nada que o doutor falou, mas achou que aquela cara era conivente com a cena. Os idiotas cumprem sempre com eficiência os seus papéis de serem idiotas em tempo integral. Isso, de fato, não me espantou, pouca coisa me espantava nessa vida e olha que nem sou tão velho assim. O meu patrão olhou para o seu duplo e deu uma piscadela, como quem diz que as coisas estão sob controle. Claro que o beberrão não entendeu nada e se pôs a gargalhar, em seguida perguntou se o patrão desejava que ele escorraçasse aquele homem bizarro e leproso. O meu patrão fez um gesto negativo com a cabeça. Dessa vez o pinguço pareceu entender o sinal e se calou, depois saiu chutando umas pedras que encontrou no caminho, confundindo-as com pombos mortos. Zayron continuou em seu papel patético de cão de guarda, enquanto nós sabíamos que ele não era capaz de espantar uma mosca, embora fosse um cão grande e robusto. Se olhássemos atentamente para Zayron, podíamos observar certas semelhanças entre ele e o duplo do patrão, confesso que, por instantes, fiquei me perguntando se quem na verdade tinha se dividido não seria o cão. Pensei em dividir minha opinião com o meu patrão, desisti em seguida, de repente, ele poderia entender a pergunta como uma afronta. Além disso, gosto muito de cachorros, insinuar que eles podem dar origem a homens é expô-los, com toda certeza, ao ridículo. Acho razoável passear com um cão preso à coleira, entretanto, me negaria veementemente a passear no parque ou em qualquer outro local com um humano preso à coleira. Pelo menos, aos trancos e barrancos o psicanalista perturbado finalmente tinha aceitado a hospedagem, não aguentava mais fazer sala do lado de fora. Acho ele um homem insuportável e arrogante e imagino que não mudarei de ideia nos próximos séculos, no entanto, tenho esperança de que ele traga um tanto de graça para esta pensão, não aguento mais escutar as lamúrias do patrão por causa do estado de saúde de Estela. Embora eu tenha a nítida impressão de que ele não é parente de Esther coisa nenhuma, não vejo semelhança alguma, nem nos traços do rosto inexistente, nem no corpo grande e gordo. Resolvi testá-lo, já que era um famoso psicanalista deveria saber explicar o fenômeno da duplicidade do meu patrão. Doutor, gostaria de te fazer uma pergunta. Claro, meu caro amigo, se eu não souber a resposta tampouco outro homem poderá saber. Disse gargalhando e se vangloriando da sua suposta superioridade sobre os reles mortais. Gostaria de saber mais sobre o duplo do homem. Mas, que pergunta é essa sem pé nem cabeça¿¿¿ Achei no mínimo estranho ele citar uma pergunta sem cabeça como absurda, afinal, ele certamente possuía apenas um chapéu, feio, por sinal. Por que você haveria de estar interessado em um assunto desses¿ Isso não é assunto para serviçais. O doutor sabe ou não sabe algo sobre isso¿ Mas, é claro que sei! Por que perderia meu tempo explicando a história da psicanálise para um capiau¿ Além disso, uma conversa dessa levaria dias! E por acaso o senhor está com muita pressa de ir embora¿ Tem razão, meu caro. Quem sabe assim faço um favor para a humanidade, instruir os mais desprovidos de inteligência. Encantado com a sua bondade, doutor. Porém, já vou avisando que isso tudo é bobagem, nunca vi nenhum homem de fato se duplicando, vi no máximo gêmeas siamesas, embora, claro, sempre resta uma esperança. Desconfio que se um homem se duplicasse em dois ou três não viveria por muito tempo, provavelmente algum órgão seria seriamente afetado e ele teria que ser sacrificado. Talvez o doutor tivesse razão, percebi que meu patrão está alguns centímetros mais baixo, também está uns quatros quilos mais magro. Nossa, hein! Que pensão mais fuleira! Pensei que por dentro o zelo fosse maior que por fora, mas pelo jeito, aqui as coisas são ainda mais desordenadas! Queria saber para que servem esses empregados, melhor seria não tê-los, só gastam a porção de ração dos cachorros. Como tem coragem de convidar um nobre como eu para adentrar nesse lugar hediondo¿ O doutor falava com um desprezo e uma verdade de causa que era difícil debater, fingia não perceber que foi ele mesmo quem insistiu para passar uma temporada com Esther, que, como disse antes, duvido e muito do parentesco, deve ser uma desculpa furada. Difícil é saber o que esse maluco quer aqui, com certeza dinheiro não é, já que de aristocrata meu patrão tem apenas a pose. Já que estou aqui mesmo, vamos logo, quero uma limonada sueca, bem, pode ser búlgara também, não sou exigente quando o assunto é culinária. Sério¿ Perguntei com uma ponta de descaso. É com você mesmo que estou falando serviçal, a partir de hoje você acatará minhas ordens, fique sabendo que a mamata aqui vai acabar, vocês terão que mostrar trabalho ou o chicote vai estalar. O bom é que o riso nunca vem fácil, fiz uma cara de paisagem e sai para fazer a limonada japonesa. Zayron bocejou forte, esticou as canelas, puxou um charuto cubano e adormeceu no sofá mesmo. Voltei em menos de cinco minutos com uma jarra de laranjada argentina, o doutor me olhou com ar de reprovação. Até que você não demorou tanto dessa vez, mas fique sabendo que não merece aplausos por isso, não faz mais do que a sua obrigação! Fique sabendo que sempre existe uma fila de homens esperando para substituir um empregado, você sabe como o mundo aí fora está difícil, não está fácil viver por conta sem o apoio de um patrão. Blá blá blá blá. Fingi não escutar sua conversa fiada, estava cansado dessas discussões que não levam a lugar algum. Olhei para o sofá e Zayron não estava mais tirando uma soneca, achei aquilo extremamente inusitado, desde que estou na pensão o cão não acorda antes das cinco horas da tarde. Achei melhor perguntar ao doutor. O doutor sabe onde está o cão¿ Ah, você está falando daquele cão gordo e folgado¿ Não podia discordar das suas definições sobre o cão, afinal, ele estava gordo feito um major e só não era mais folgado que o doutorzinho. Sim, estou me referindo a ele mesmo. Como disse antes, as coisas começarão a entrar nos eixos por aqui! Coloquei aquele cão desaforado para olhar o quintal, onde já se viu um cachorro com mordomias de gente¿ Terá que aprender a ser um cachorro, por bem ou por mal, mesmo que tenha que passar pela terapia. Não sabia o que dizer, apenas lamentei por ter de repente que dar contas para mais um patrão. Confesso que gostei de ver o cão se ferrar. Então, eu deveria por acaso ser o único escravo dessa maldita casa¿ Não deu dez minutos e Zayron estava novamente dentro da casa com um ar desolado, as orelhas baixas e a língua pendendo morta da boca. Não dá! Vocês estão pensando o quê¿ Querem me tratar como um simples cão doméstico¿ Será que são cegos¿ Não enxergam o valor de um cão de raça¿ Falou isso e logo se apossou do cachimbo, baforando feito um doido. Me nego veementemente a ficar parado feito um dois de paus naquele portão! Se quiserem um guarda contratem um! Quem esse descabeçado pensa que é¿ Mal chegou e já quer mandar na porra toda¿ Nem parente não é! Não, de jeito nenhum! Isso não está certo!!!! Com certeza meu dono não sabe da crueza desse doutor! Deixa meu patrão descobrir que ele está tentando fazer de mim um simples cão de caça! Não vai sobrar pedra sobre pedra! Confesso que o discurso do Zayron me comoveu um pouco. No entanto, era muito difícil saber quem era mais folgado e entrão, o cão ou o médico. Resolvi não tomar partido, continuei na cozinha descascando as batatas, uma hora teria que fazer o purê. Augustina parecia estar à parte de qualquer coisa, esse mundo banal já não lhe dizia respeito, com certeza deveria se preocupar apenas com coisas mais elevadas. Afinal, à beira da morte não é isso¿ Reavaliação e recuperação das coisas essenciais¿ Além disso, prego que se destaca leva martelada! Imagine o que Estela não teria que aguentar desse suposto primo chato caso estivesse cem por cento viva! O melhor que ela tem a fazer é se fingir de morta, eu com certeza usaria esse método se não tivesse sido obrigado a atender à porta. Esse doutor é tão pretensioso que agora invocou que fará a Mudinha voltar a falar, diz que as pregas vocais dela estão em perfeito funcionamento, segundo ele só existem três motivos para ela não falar: preguiça, pirraça ou um trauma infantil. Os psicanalistas me cansam, acham que podem curar qualquer coisa através da fala, se fosse assim papagaio e maritaca ficavam para semente. Sem contar que não sei para quê Mudinha precisa falar, ninguém escuta ninguém mesmo nessa casa, seria apenas uns ruídos a mais atravessando as portas e morrendo na soleira. Ando observando o medicozinho, se ele é parente de Esther não sei, mas que é verdade que ele está bem empenhado na sua recuperação, isso ele está. Vira e mexe vejo ele entrando no quarto e trancando a porta, fica horas por lá, fazendo o quê só Deus sabe, já tentei espionar pelo buraco da fechadura, no entanto, ele foi mais esperto do que eu, tapou o buraco com um chumaço de algodão, até pensei em tirar com uma agulha, mas achei melhor não arriscar por enquanto, para ver é preciso paciência. Tenho reparado que quando ele sai o cheiro de Esther vem junto, sem contar que está sempre arrumando o saco e fechando a braguilha, muito suspeito. Me estranha muito a passividade do meu patrão, parece nem ligar, diz que primo é primo, tem prioridade, não existe mal nenhum em um parente tentar ajudar outro, aliás é um sinal de espírito nobre. Primo, sei!!!! Só espero que o primo tão amoroso de Augustina não tenha sarrafos! Vejo que a meditação realmente está fazendo um bem danado para o meu senhor, não tem olhos para nada, confia até no demônio se este precisar! Quanto ao duplo do meu patrão nem se fala, não tem boca para nada, ou melhor, tem boca apenas para entornar um barril de cachaça, serve apenas como sombra. Pode ser que eu esteja com mania de perseguição, mas toda vez que o doutor deixa o quarto de Augustina ela parece exausta e pálida, ele diz que isso é coisa da minha cabeça visto que ele não tem uma cabeça para encher de caraminholas. O tratamento é longo e cansativo, é normal que a minha prima também sinta isso. Aliás, a sorte é que não precisam pagar as minhas horas de serviço senão estariam endividados até o pescoço, com certeza minha priminha ainda precisará passar muitas e muitas horas trancada comigo no quarto e isso é perfeitamente natural, faz parte do pacote. Quer saber¿ Que se dane! Não vou ficar gastando vela com defunto ruim. Quem deveria estar preocupado mesmo era o meu patrão, afinal, a mulher é dele, depois que deu para meditar acha tudo aceitável. Resolvi deixar esse assunto de lado e continuar meus afazeres na cozinha e veja só a minha surpresa! Mal entro e dou de cara com o Zayron de avental descascando as batatas. Antes que me pergunte o que faço aqui de avental e tudo já explico que essa ideia estapafúrdia não partiu de mim, é o maldito médico! Agora deu para provar que eu tenho alguma utilidade além de fumar e cheirar calcinhas! Que civilização sinistra! O que mais um cachorro pode querer além de lamber os fluídos vaginais e dar umas baforadas¿ Querem escravizar até mesmo os cachorros! Como se já não pagássemos o preço por termos sidos domesticados à força só para satisfazer o ego dos homens! E não me olhe assim! Você também tem culpa no cartório, nem quero contar quantas vezes te peguei escondido remexendo no balde de roupas sujas, pensa que não sei o que procurava¿ Vocês humanos são piores do que chacais, não me enganam!!!! Isso vai ter fim logo, logo, você verá! Não adianta comemorar cara de fuinha! Não posso dizer que ter um ajudante me desagradou, de forma alguma, mas não é que o danado do cão tinha razão¿ Era um tremendo desatino querer impor ordens a um vira-lata, eles já não sofriam o suficiente tendo que mostrar afeto e obediência aos seus donos¿ Não dava para negar que os métodos de tratamento do doutor não eram nada ortodoxos. Estava realmente curioso para saber quais seriam suas próximas invenções. Já não conseguia vigiar Ester com tanta devoção, pois o médico sempre me atrapalhava, se não estava trancado no quarto com Augustina, estava perto da sua porta, difícil entender sua obsessão. Queria que ele desse logo por terminado o tratamento e partisse, mas vi que aquilo parecia impossível, tudo indicava que ele não deixaria a pensão tão cedo. Meu patrão pouco se importava, se trancava no quarto, acendia um incenso e praticava vocalizações incompreensíveis, meu medo era que ele se multiplicasse novamente, o que poderia sair daquele corpo bizarro¿ Não sei, não duvidava de mais nada, só rezava para que o cão descascasse as batatas com presteza. Também achei muito estranha a atenção exagerada que o médico dava a Mudinha, afinal, ela era uma empregada, não tinha importância alguma na escala social. Muitas vezes, via o doutor empurrar Mudinha para dentro do seu minúsculo quarto e passar horas a fio naquele cubículo. Uma vez o indaguei sobre isso, disse que não era de bom tom um médico do seu calibre ficar se trancando no quarto de uma empregada. O patrão poderia não gostar muito daquilo, inclusive, poderia expulsá-lo, Mudinha foi deixada na pensão ainda criança, não tinha nem os caroços no peito que distinguem homem e mulher, ele não gostaria nadinha de saber que algo incomum estivesse ocorrendo, Mudinha era quase uma filha, e talvez até fosse considerada como tal se não tivesse a cara tão abobalhada e não fosse tão parecida com um cão que esqueceram de tosar. Ele reagiu violentamente, disse que eu estava louco, estava vendo coisas, nunca se trancou no quarto de Mudinha, conversou com ela algumas vezes na sala, a qual era atualmente o seu consultório, e afirmou que o seu interesse por Mudinha era puramente profissional. Profissional! Ora essa! Sou um médico, eu zelo pela ética!!!! Será que tem algum idiota, por aqui¿ Seria profissional caso o senhor fosse ginecologista, o caso é, pelo que entendi cuida das coisas da cabeça e não dos buracos de baixo. Insolente!!!! Como ousa insinuar isso¿ Jamais olharia para uma criatura feito aquela, mal se distingue de um cachorro! Como ousa insinuar que eu tocaria as mãos naqueles seios e naquela bunda¿ Ele foi enfático em sua defesa, no entanto, duvido que o doutor se importaria se Mudinha tinha duas ou quatro patas, desde que desse conta do seu ~~caralho~~, e isso posso afirmar sem sombra de dúvida, ela geme gostoso como uma cadela no cio. Mudinha também parecia inquieta com a presença do doutor, estava na cara que não confiava nem um pouco nele, andava de um lado para o outro, quando avistava de longe o médico saia correndo feito um leopardo. O doutor já me disse que curará Mudinha, com certeza é isso que a está assustando, confesso que também me assusta, seria catastrófico se Mudinha falasse tudo que sabe. Resolvi parar de pensar no desenrolar das coisas e fui me deitar, amanhã é outro dia, quem sabe melhor que este. Não sei se Deus ou o Diabo ouviu minhas preces, mal deitei a cabeça no travesseiro e escutei alguém tocar a campainha, primeiro pensei que fosse um pesadelo, depois percebi que era na porta da frente. Quem será o infeliz dessa vez¿ Será que essas pessoas não sossegam o rabo em suas casas¿ Será que ninguém nesse mundo procria¿ Porque tenho certeza que se tivessem meia dúzia de filhos para criar não encheriam o saco alheio. Admito que ao menos dessa vez não me deparei com um brutamontes sem cabeça, pelo contrário, era uma das cabeças mais lindas que já tinha visto, grande, enorme, redonda e com uma cabeleira digna de um leão, embora a sua juba estivesse bem mais desgrenhada. Se não dizer ao que veio não poderei adivinhar, tenho muitos dons, para ser um bom empregado é preciso cultivá-los, no entanto, ainda não tenho o dom da clarividência. Posso te adiantar que ninguém está interessado em comprar bugiganga nenhuma, o meu patrão mal tem dinheiro para minhas rações diárias de comida. E se for livros, então, esqueça, ninguém lê por aqui, a biblioteca que havia na pensão já foi desfeita há muitos anos, tiramos folha por folha dos livros e usamos para forrar os celeiros. Confesso que nunca encontrei uma utilidade melhor para os clássicos. Quanta blasfêmia! Fico abismada com uma declaração desse tipo! Como tem coragem de usar livros para forrar o abrigo de cavalos¿ A pergunta deveria ser diferente, como ousam arrancar árvores para inventar estantes¿ E por que acha que sou uma vendedora¿ Eu por acaso tenho cara de vendedora¿ De forma alguma! Eu até diria que está bem desarrumada para ser uma vendedora e se dependesse da sua aparência provavelmente não venderia uma agulha. Então, por que a pergunta¿ Primeiro para alertá-la que aqui não há nada que te interesse, muito menos dinheiro, depois porque pelo tamanho da sua mala imaginei que trouxesse alguma coisa para vender. Afinal, que jumenta traria um peso desses para nada¿ Não fale uma blasfêmia dessas!!!! Como assim para nada¿ Aqui está o bem mais valioso do mundo! Bem, acho que um diamante caberia em uma mala bem menor. Que diamante¿¿¿ Será que trato com um verdadeiro lunático¿ Estava agora mesmo me fazendo essa exata pergunta em relação a sua digníssima pessoa. Não sou nenhuma lunática, sou o contrário disso! O contrário disso teria ao menos se lembrado de pentear a cabeleira. Não seja tão tosco! Já vi que não sabe como tratar uma dama! Talvez eu aprenda quando conhecer uma. Petulante! Descabelada! Para o seu governo poderia ficar a manhã toda elencando seus defeitos, no entanto, tenho mais o que fazer. Então, por favor, diga logo a que veio ou a deixarei falando sozinha. Pelo andar da carruagem o capeta deve ter aberto as portas do Inferno! É cada um que me aparece aqui! Bem, não precisaria revelar a você minha identidade. Ah, tá, que bom! Não precisa revelar mesmo, assim fecho a porta e te deixo do lado de fora ou está achando que aqui é a casa da mãe Joana¿ Claro que não! Sei exatamente onde estou e porque estou. Não pense que foi fácil chegar até aqui! A estrada é terrível, além disso, o peso das bagagens... Está bem, vejo que não bateu na porta ao acaso, mas se quiser entrar precisa se identificar, não posso deixar qualquer maluco entrar, só os malucos com foto e documento oficial. Muito engraçado da sua parte, não vou precisar de documento, sou parente da quase morta. É muito ofensivo se referir a Ester dessa forma rasteira. Não, longe de mim ofender, eu a adoro! Afinal, ela é minha prima de sangue, você sabe o que é isso¿ Ah, tá! Vai me dizer que é irmã do Doutor sem Cabeça¿ Doutor sem Cabeça¿ Nunca vi mais magro! Não sei nada sobre um doutor descabeçado! Afinal, o que deseja aqui¿ Não temos comida para mais uma faminta. Que forma de tratar uma visita! Não estou à procura de alimento. Mas, imagino que a donzela coma, não é mesmo¿ Porque caso não comesse não estaria gorda feito um major reformado. Você é muito indelicado mesmo! Me admira que ainda esteja trabalhando para Augustina, ela é tão refinada! Não sei como aguenta um xucro feito você! Na certa não deve haver muita concorrência por aqui! Não me admira que ela esteja beirando a morte. Como posso saber que é mesmo parente de Dora¿ Nunca a ouvi falar de primos ou primas, muito estranho que logo agora que ela esteja acamada apareçam parentes a torta e a direita. Se estão imaginando que serão beneficiados no testamento podem tirar o cavalinho da chuva, ela não tem um gato para puxar pelo rabo. Por que tudo se reduz a dinheiro¿ Será que não existem outras coisas que almejamos¿ Acha mesmo que andaria quilômetros por causa de dinheiro¿ Se gostasse de dinheiro teria arranjado casamento com um velho rico. Nossa, você é bem presunçosa, não é mesmo¿ Por que acha que um velho rico a desejaria¿ Talvez pela cabeleira ou será pela bela pança¿ Ridículo! Uma mulher não se encerra na extensão do seu corpo! Ah, mas se você se encerrasse no seu corpo seria uma boa medida! Por acaso está me chamando de gorda¿ Claro que não! Estou apenas afirmando que é uma pessoa expansiva, que ocupa bastante lugar por onde passa. Definitivamente você precisa aprender muito sobre o universo feminino, não me admira que não tenha nunca dormido com uma mulher. Por acaso você é vidente¿ Claro que não sou vidente, mas também não sou cega! É obvio que um homem feio feito você e ainda estúpido não pode ter iludido nenhuma mulher.

Está certo que existem mulheres bem ingênuas por esse mundo afora, no entanto, acho que nenhuma tão ingênua a esse ponto. Se eu fosse a senhorita pararia de conversa fiada e diria logo a que vem, não sou obrigado a ficar do lado de fora escutando seus disparates e o meu patrão está muito ocupado com as suas meditações e suas idas e vindas ao Nirvana, de forma que não pode atendê-la. Assim, o melhor é que se abra comigo mesmo, afinal, eu sou o porta-voz, dependendo do que eu falar você não entra aqui nem pintada de ouro, seja parente de Ester ou do Diabo! Vejo que o senso de humor não é o seu forte, eu só estava brincando com você! Peço que avalie devidamente a minha pessoa, eu preciso entrar urgentemente, preciso ver Estela, éramos inseparáveis quando crianças, ela não deve ter mudado tanto, com certeza ainda deve guardar memórias maravilhosas das nossas tardes. Não sei, Catarina não costuma ser uma mulher nostálgica, nunca falou nada sobre parentes, eu bem pensei que ela fosse filha de uma chocadeira. Eu duvido que ela nunca tenha citado o meu nome! Impossível! Impossível! Ela me adorava! Ficávamos horas declamando poetas mortos. Augustina¿ Nunca vi nem sequer sussurrando um verso, deve estar confundindo de prima, para Estela os escritores não fedem nem cheiram. Estranho, muito estranho, será que o tempo apagou minha querida Dora¿ Bem provável, o tempo é uma ótima borracha! Se não ficamos atentos desaparecemos e nem nos damos conta. Assim mesmo preciso vê-la, não a deixarei morrer sem os meus cuidados. Mas, que diabo! Será que todos os enfermeiros do mundo resolveram dedicar seus cuidados a Estela¿ Preciso entrar, não queria confidenciar isso a um empregado, mas já que não tem jeito... Vamos lá, trago comigo a irmã gêmea de Esther. E onde ela está¿ Dentro do seu bolso¿ Quase isso. Pare de lorota e diga logo, minha paciência está acabando, pelo jeito terei que interromper novamente o meu patrão, a sua história está muito torta. Não existe nada de torto na minha história, vou clarear as coisas. A irmã gêmea de Ester está dentro da mala menor. Como assim, dentro da mala¿ Você queria que eu trouxesse como¿ Por acaso queria que eu saísse por aí com um caixão nas costas¿ Talvez assim não andasse com esse nariz empinado! Bem, já disse a que venho, preciso entrar, pelo menos chame seu patrão até aqui, afinal, ele precisa saber que estou aqui, tenho certeza de que ele não ficaria nem um pouco contente se soubesse que você escorraçou a prima e a irmã gêmea de Estela. Quer mesmo saber¿ É exatamente o que farei, nada como transferir a decisão a outro idiota. Lá ia eu de novo interromper a sagrada meditação do meu querido patrão. Dessa vez segui o ritual à risca, bati três vezes na porta. Meu patrão saiu zen como nunca antes. Posso saber o que foi dessa vez¿ Será que terei que me transformar em uma galinha para não ser perturbado¿ Já disse que não quero que interrompa minha meditação, assim nunca chegarei ao nirvana, aliás, não chegarei nem até a esquina. Até a esquina eu não sei, patrão, mas terá que ir comigo até a porta, dessa vez tem uma doida descabelada e de fala insuportavelmente arrastada afirmando que é prima de Augustina, quer porque quer entrar na casa. Que inferno! Primeiro Estela não tem onde cair morta, agora me aparecem mil e um parentes¿ Essa história está muito estranha, tem caroço nesse angu. Foi o que pensei, não quis dispensar a moça sem falar com o senhor primeiro. Pode deixar, eu quero vê-la com meus próprios olhos. E tem mais, patrão, ela diz que traz o cadáver da irmã gêmea de Esther. Como assim¿ Augustina nunca teve irmã! Eu levo anos praticando meditação para conseguir me multiplicar e Dora de uma hora para outra se multiplica com a maior facilidade¿ Não creio em uma coisa dessas! Que cabeleira é essa minha filha¿ Estevão disse que é prima de Ester, não parece, Catarina jamais andaria nesse desmantelo. Sim, somos primas, não de segundo ou terceiro grau, somos primas de primeiro grau, o mesmo sangue correndo nas veias. O que quer aqui¿ Estela nunca me falou sobre você. Estou aqui para trazer o cadáver da irmã gêmea de Ester, suponho que ela nem tenha conhecimento da sua morte. Para falar a verdade, minha filha, acho que ela não tem conhecimento nem da sua existência. Impossível! As duas não se desgrudavam. Você parece tão burro, me admira que seja marido de Dora. Já eu não me admiro que a minha esposa tenha como prima uma jumenta. Não escolhemos nossos parentes, não é mesmo¿ Que grosseria! Além disso, não sou apenas prima de Ester, sou também sua melhor amiga. Você quer enganar quem¿ Amigas que nunca se veem¿ Não quero enganar ninguém, por isso nunca quis me casar, os homens não enxergam suas mulheres, se você enxergasse Estela saberia sobre seus parentes. Que petulância! Pena que Estela não está em condições de me defender, jamais admitiria que falasse assim sobre seu marido. Sim, as mulheres sabem dissimular quando querem, obviamente a Ester também se vale desse recurso. Não me admiraria se ela tivesse usado tal recurso a vida conjugal inteira! Olha, você me atrapalha, me tira da minha meditação para me afrontar e me falar essas asneiras! Tenha paciência! Quem você pensa que é¿ Com certeza alguém como você ou um tanto melhor. Estou bem inclinado a não deixá-la entrar, não sei que espécie de pessoa é você. Me perdoe pelo mau jeito, não quis ofendê-lo, afinal, se Dora te escolheu você deve ter algumas qualidades, até uma barata pode se vangloriar de ter qualidades, talvez só não sejam tão evidentes. Nessa hora o duplo do meu patrão apareceu e mais uma vez quis mostrar serviço, embora mal ficasse em pé com as próprias pernas. E aí, patrão, se quiser dou um jeitinho nela, é só ordenar. Adoro colocar mulher no seu devido lugar. Não se preocupe, pode deixar que eu resolvo isso, vá procurar o que fazer, pede uma faca para o Zayron e vá ajudá-lo a espantar moscar. Credo, patrão, até parece que está me expulsando de perto do senhor. Impressão sua, impressão sua. Zayron veio atrás, nem fez questão de rosnar ou mostrar os dentes, com certeza estava exausto de tanto descascar batatas, até esqueceu de tirar o avental. Estevão, você não acha que eu seria um estupendo escritor¿ Larga de coisa! Coloque-se no seu lugar! Cachorros não têm polegares, não seja idiota! Como acha que um cachorro poderia ser um escritor¿ Vocês nunca repararam que eu não tinha polegares quando me mandaram descascar batatas! Olhou a moça dos pés à cabeça, com certeza se concentrou mais na cabeça devido à cabeleira farta, logo depois tentou enfiar o focinho debaixo das saias e dar uma lambidinha no fundilho da calcinha. Pensei que a moça teria uma reação furiosa e desproporcional, no entanto, ao olhar para sua face pude perceber ela enrubescer e soltar um gemido abafado, Zayron agora lambia com mais vigor e a moça disfarçadamente inclinava o rabo. Cachorro sem vergonha!!!! E a safada, então!!! Cheia dos papos filosóficos e se deliciando com a língua salivosa do cão. Olhei para Zayron e pude ver o seu cacete pronto para o abate, na intenção de salvar a moça do delicioso ataque joguei um copo de água fria no salafrário. Ele esbravejou e se eu não fosse rápido provavelmente teria enfiado os dois caninos na minha canela. Não seria dessa vez que ele sairia da seca. A moça me olhou com uma raiva incontrolável, coçou levemente a buceta, os dedos saíram encharcados, ela disfarçou, olhou para o Zayron e chupou vagarosamente os dedos. Bem, quero saber por que realmente está aqui, você nunca visitou Estela antes. Se ela esperasse a bondade dos parentes teria morrido de fome há séculos. Eu poderia inventar uma história triste, fazê-lo chorar de pena, no entanto, não farei nada disso. Não vou mentir, não vim apenas para trazer o corpo da irmã gêmea de Augustina. Ela dizia isso puxando os erres, tinha um sotaque estranho, nem imagino de qual buraco tinha saído. No entanto, com certeza depois que saiu do buraco esqueceu de pentear a juba. Depois começou a colocar os pés na cabeça de uma forma realmente inacreditável. Veja, olhe o que eu consigo fazer. A posição não era nada confortável para Zayron, ele teve uma nova ereção e correu para colocar o focinho na calcinha da diaba, claro que ela não fez questão de tirar o cão. Mas, eu fiz, apenas pelo prazer de vê-la sufocar de desejo. Aliás, vendo ela assim toda molhadinha, me passou pela cabeça, mais tarde terminar o que o cachorro começou, do jeito que a moça está duvido que ela consiga resistir a rigidez do meu ~~cacete~~. Como disse antes, às vezes, adoro esse cão! A moça continuou com os pés na cabeça por mais cinco minutos. Está bem, está bem, já vimos que é excepcional! Nada disso, isso é genético, com certeza já viram Esther fazendo isso, não é verdade¿ Ela costumava ter mais o que fazer do que tirar cera do ouvido com os dedões do pé. Não seja tonta! Uma mulher com marido nunca está ociosa. Você é tão inconveniente! Ela não estava de toda errada, a gentileza não era uma característica minha. Somos extremamente flexíveis, nossos ossos têm pouco cálcio, seríamos exímias contorcionistas, bem, se a palavra não tivesse me enfeitiçado antes... Sabe antes de conhecer os livros vivia por aí, com os pés na cabeça. Eu sou uma escritora, espero que não façam mal juízo de mim só por isso, existem várias escritoras no mundo que são decentes, decerto nenhuma rica, pois nunca vi livro dar dinheiro. Se não me engano ou se não for boato de uma mente pervertida, parece que existe um homem no Brasil que ficou milionário com livro, dizem que tem um pacto com o demo, eu não duvido, enriquecer com livro só tendo pacto com o capeta mesmo! Voltando à tal pergunta. Eu sabia que uma hora perceberia que está dentro de um diálogo e não encerrada em um monólogo monótono. Eu fiquei sabendo sobre o caso da minha prima e achei que poderia render um belo de um romance. É uma escritora profissional¿ Como assim¿ Está brincando comigo, não é¿ Não, estou fazendo uma pergunta, quem faz móveis é um carpinteiro profissional, quem pinta casas é um pintor profissional, quem ergue casas é um pedreiro profissional. Bem, acho que você não sabe muito sobre escrita. Aliás, desconfio que não sabe nada sobre escrita! Me sinto extremamente ofendida com a sua pergunta, parece que tem a intenção de me esculachar. Não é tão simples assim, quando você diz profissional você acaba enquadrando a arte em um conceito finito e arbitrário. Não é possível medir a eficiência da arte, caso contrário, ela estaria capturada e não passaria de uma fórmula esvaziada. Não sei mesmo nada sobre escrita! Para começar pensei que escritores não precisassem de histórias reais para escrever. Verdade, realmente não precisamos de nada, mas ando com um bloqueio terrível. Sobre bloqueios já deve ter escutado, não é mesmo¿ Coisa de vagabundo¿ O quê¿¿¿¿ Está ficando louco¿¿¿¿ Como ousa¿¿¿ É isso mesmo, o negócio é sentar o rabo na cadeira e escrever, o resto é frescura, coisa de fresco. Você não entende nada mesmo, não vou perder o meu tempo explicando... Só estou aqui por causa do bloqueio... Imaginei que andar arrastando uma morta e visitar uma prima quase morta talvez me tirasse da letargia. Não admito que fale assim de Estela, ela está apenas doente, logo mais se recuperará. É um resfriado à toa, se tivesse ficado em repouso não teria caído de cama. Me perdoe, não foi o que quis dizer. Peço apenas para ficar uns dias na pensão para poder terminar em paz meu romance e em troca posso ajudar a cuidar da minha querida prima. Minha filha, se queria paz não deveria ter escolhido esse lugar. Não existe paz onde moram um ou mais homens. Não acho que Esther necessite de uma enfermeira. Ela está bem, só precisa de algumas noites de sono e ficará nova como antes. Você entendeu, não é exatamente paz o que preciso, às vezes, acho que a paz é um péssimo motor para a escrita. Além disso, trago na mala o destino de cada um. Como assim¿ Está louca¿ Virou Deus¿ Carregando o destino dos outros em uma mala de segunda¿ Pode parecer impossível, eu sei, é bem difícil acreditar, se me falassem isso eu também custaria a acreditar, no entanto, é a mais pura verdade, trago nesses livros o destino de cada um, talvez não botem fé, mas todo escritor é um profeta, nossa mente está um tempo à frente, como um cronometro que se adianta. Enquanto ela falava eu imaginava que sua cara era um relógio gigante e o seu nariz o ponteiro adiantado. Confesso que foi esse senso de superioridade que sempre me manteve afastado dos escritores, achavam que valiam mais do que quem produzia sapatos ou cintos. Um conglomerado de vaidosos, vadiavam a vida toda em busca de uma metáfora preciosa, enquanto os reles mortais precisam suar muito a camisa para sobreviver. Será que acreditavam mesmo que meia dúzia de palavras poderiam ser trocadas por uma cesta de pães¿ Enquanto a descabelada falava com uma garbosidade inigualável, Zayron mijou em uma das malas, parece que ninguém percebeu, apenas eu, então, permaneci calado. Não gostava do cão, porém, gostava menos ainda de gente metida a besta. Depois fiquei encafifado, espero que não tenha mijado no meu destino. O doutorzinho tinha razão, Zayron era um cão muito mal adestrado. Ele que não ficasse esperto, logo, logo seria castrado. Ao passar esse pensamento pela minha cabeça parece que o cão pressentiu o perigo, pois começou a lamber desesperadamente o saco. Depois saiu cabisbaixo. Nem entendi o seu descontentamento, afinal, nem havia cadelas por perto, de forma que jamais testou sua potência, a não ser, é claro, nas pernas perfeitas e lisas da patroa. Estevão, ajude essa menina com as malas, não tenho motivos para impedi-la de entrar, um louco a mais ou a menos nessa pensão não fará tanta diferença. Além disso, quem sabe o doutor não consegue curá-la desse bloqueio criativo. Claro, para mim não faz diferença nenhuma, jamais lerei novamente um livro na minha vida, no entanto, não quero trazer esse peso na consciência, vai que essa menina é um prodígio, não é mesmo¿ Eu, sinceramente, duvidava dessa hipótese, basta meia dúzia de histórias vulgares e os homens se acham dotados de genialidade, mas independente do meu achismo fui obrigado a ajudá-la com as malas, porém, deixei que ela levasse a mala batizada por Zayron, a tonta nem percebeu o mijo pingando no seu pé. Às vezes, mantinha uma paixão secreta por esse cão! Mal entramos e pude sentir o desprezo do doutor pela escritora, era evidente que ele considerava uma afronta termos dado abrigo para alguém que não fosse ele. Nem fez questão de disfarçar o mau humor, parecia um cavalo, tamanha era a potência dos coices. E quem é essa umazinha aí¿ Agora a pensão virou casa da mãe Joana¿ Nossa, doutor, pensei que ficaria feliz com a sua nova companheira, isso é jeito de receber uma hóspede¿ Sem contar que, ou os dois estão mentindo ou muito provavelmente vocês tenham algum grau de parentesco. Grau de parentesco¿ Não seja tolo serviçal! Olhe para minha estirpe e olhe para essa descabelada aí, não fomos parentes nem na outra encarnação. Pois, a menina diz que é prima de Ester. Prima, prima, duvido! Estela não se misturaria com alguém dessa laia, nosso sangue é muito mais rarefeito. Era impressionante como o ciúme era capaz de destruir até mesmo uma nação. Eu, no entanto, estava adorando saber qual era o calcanhar de Aquiles do doutorzinho, com certeza me ajudaria em algum momento. Por outro lado, houve uma época em que o povo falava que o pai de Augustina tinha tirado sua mãe de um puteiro. Vendo essa umazinha agora começo a acreditar que a história fazia sentido. Se é parente com certeza é do lado materno, não tenho nada a ver com isso. Por mim, poderia apodrecer lá fora. Essa é nova, agora a pensão virou albergue! Que mau humor, doutor! Nem contei a melhor parte, ela é uma escritora famosa (o famosa era por minha conta, pois estava na cara que não passava de uma desconhecida metida a besta, sem eira nem beira, além disso, quem se importava com escrita nesse fim de mundo¿), com certeza vocês devem ter muita coisa em comum! Uma coisa em comum com certeza possuíam, os dois se achavam os reis da cocada preta! Bem, com certeza não tenho nada em comum com essa desqualificada, no entanto, minha educação me obriga ao menos a ser polido com essa criatura. Mal o doutor terminou de pronunciar suas derradeiras palavras e Zayron passou feito um furação, quase deixou o doutor caído no chão, para quem detestava estar por baixo, isso era péssimo. O que foi que eu disse¿ Esse cachorro precisa de uma análise urgente! Onde já se viu!!!! Não tem modos! Não obedece ninguém! Muito me admira que a minha querida Ester não tenha se dedicado mais à educação desse cachorro. Logo a escritora se aproximou e beijou a mão do doutor. Não acredito!!!!! Que honra!!!!! Que imensa honra poder dividir hospedagem com alguém tão famoso!!!!! Meus Deus!!! Nem em mil anos eu imaginaria que isso seria possível!!!! Já ouvi falar tanto do Doutor por esse mundo afora. Não fazia nem dois minutos que conversei com a falsa e ela não fez menção alguma de saber uma vírgula sobre o doutorzinho. Que bela bisca! Eu não sabia se a escritorazinha estava falando sério ou tirando uma da cara do meu querido amigo. E isso realmente é irrelevante porque parece que a fala arrastada, chiada e cheia de erres conquistou o trouxa, é como costumo falar, um vaidoso pode ser facilmente manipulável, basta elogiá-lo! Bem, muito obrigada, minha querida! O prazer é nosso! Me interesso demais pela psicanálise, inclusive acho que todo escritor deveria se valer dela para construir com veracidade os seus personagens. Se eu pudesse levaria todos os meus personagens para o divã. Minha cara, você tem toda razão, não existe estudo mais perfeito da alma humana (e por que não da fictícia também¿) do que a arte da psicanálise. A psicanálise é a arte suprema, claro, não quero com isso afirmar que a literatura é uma arte inferior, de forma alguma, inclusive já conheci muitos idiotas que dariam a vida pela literatura. Apenas digo que a psicanálise salva vidas. Muitas tragédias já foram evitadas devido a esse estudo e tenho certeza que quando as pessoas se abrirem mais para esse fato o mundo será muito melhor. Parece que a primeira tragédia já tinha sido evitada, os dois hóspedes estavam se entendendo melhor do que eu previa e com certeza isso me traria alguns dias de sossego. Claro, não duraria muito, porque a vaidade é um bicho arredio, acaba sempre sendo ferido e quando isso acontece a amizade acaba de forma abrupta. Mas, enquanto isso não acontecia eu aproveitava para descansar e quem sabe ler um livro qualquer de um autor qualquer. A autoria nunca foi um problema para mim, pelo contrário, adorava ler livros inteiros sem saber uma vírgula sobre quem os escreveu, muito se teria feito pela literatura se tivessem eliminado os nomes das capas dos livros, a identidade só serve para alimentar o poço das vaidades. Veja, poderia ler a obra completa dessa escritora descabelada se não tivesse tido o desprazer de conhecê-la tão de perto, com certeza agora não conseguiria sequer folhear suas histórias, pensar nisso chega a me embrulhar o estômago. Diferente do que imaginei no princípio, os dois hóspedes se deram muito bem, um amaciava o ego do outro, de forma que os dois estavam completamente satisfeitos e extasiados, não paravam um segundo de se elogiar, às vezes, intercalavam com um autoelogio. A escritora se sentiu extremamente privilegiada por estar ao lado de um doutor e nem se importava que o médico era um descabeçado, aliás, nem sei se ela notou este fato, não fiz questão de perguntar, estava feliz por não ter que ficar fazendo sala para os dois alucinados. Que felicidade te encontrar! Era tudo o que eu queria! Já que é um médico renomado poderá me ajudar, trago um cadáver nesta mala maior, ela foi assassinada, mas todos se recusaram a fazer a autópsia, então, fugi com o corpo. E o que quer que eu faça, cure sua loucura e seu gosto por cadáveres¿ Não seja tolo! Claro que não! O que seria de uma escritora se não fossem suas neuroses¿ Quero que faça a autópsia. Como assim¿ Está louca¿ Por que louca¿ Não é isso que os médicos fazem¿ Cortam e abrem os defuntos e depois apontam os assassinos¿

Não posso fazer isso, não é a minha área. Como assim não é a sua área¿ Quem está preocupado com isso¿ Estamos em um fim do mundo, quem te processaria¿ Não vou te processar por isso! Não, não posso fazer. Claro que pode! Larga de bobagem! É a única forma de descobrirmos o assassino. E pra quê quer descobrir¿ É da polícia por acaso¿ Quero descobrir por afeto, eu prometi a ela que não deixaria o assassino escapar. Ah, tá! Agora quer fazer milagre com o chapéu dos outros¿! Não te custa nada, é um doutor! A questão é que nunca abri um corpo antes. Como assim¿ Você não disse que é um médico renomado e coisa e tal¿ Sim, um médico renomado da cabeça, nunca precisei abrir corpo nenhum, a faculdade utilizava bonecos hiper-realistas, além disso, dentro da cabeça dos homens não existe nada, é um vácuo só, se enfiar uma agulha de tricô ela atravessa a outra ponta sem dificuldade nenhuma. Por que perderia meu tempo abrindo cadáveres¿ O homem é um tédio só, nem é preciso abrir para saber o que tem dentro. Bem, você é uma escritora! Isso também acontece com os livros, eles não passam de cadáveres. Como assim¿ Livros são fantasmas do pensamento, quando achamos que captamos alguma coisa genial, pronto, a ideia já morreu. Talvez você tenha razão... Além disso, para que saber quem foi o assassino, somos fatiados todos os dias, não tem sentido culpar apenas um porque retirou a última baforada de vida. Era realmente engraçado presenciar aquela cena, ficaram ali, calados por horas, desses silêncios possíveis apenas para almas apaixonadas, a escritora e o doutor sem cabeça permaneceram abraçados, ela inclinando delicadamente a cabeleira no seu ombro, ele com a mão pousada no seu colo. Deus é mesmo um zombeteiro! Quem diria que o amor também cresce entre os escombros...

EPÍLOGO
DE HORROR

Não se sabe como, mas um dia amanheceu e estava tudo silencioso, Estevão procurou em todos os cômodos, porém não havia sinal de nenhum dos moradores, subiu e desceu as escadas, nenhuma das três Esther se encontrava, os seus três corpos tinham evaporado, não estava nem a jovem Esther, nem a acamada Esther e nem a Esther morta. O dia estava nublado, não chovia, não fazia sol, não nevava, o dia estava apenas cinza. Estevão continuou ali por 101 anos, no entanto, ninguém retornou, arrumou as malas, ele não entende como, mas escutou um choro vindo do porão, imaginou que poderia ser o guinchado de algum rato encurralado nas tralhas. Não era. Encontrou um bebê todo enrugado, parecendo um velho, depois se deu conta que bebês e velhos são realmente parecidos, carecas, banguelas e displicentes em relação à vida, afinal, para um ela mal começou, para outro pouco importa os rumos que tomará, não estará mais lá para arcar com as consequências. Pensou em deixá-lo no porão mesmo. Por que tirá-lo dali¿ Ele não tinha nada a ver com aquele pedaço de carne rosada, não era responsabilidade dele. No entanto, não conseguiu, agarrou aquela massa de carne, colocou dentro da mala (a mesma mala trazida por aquela escritora metida a besta), fechou o zíper e deixou a pensão, nunca mais viu Esther.

Como sabem, o bebê agora é um homem, feio, robusto e triste, como todos os homens do seu tempo.

QUEM TERIA CORAGEM DE EXUMAR O CORPO EU NÃO TENHO! NÃO SUPORTARIA VER ESTHER NESSE ESTADO DEGRADANTE! ERA TÃO CHEIA DE VIDA! IMAGINE, SÓ VEREMOS UM ESQUELETO... TALVEZ OS CABELOS AINDA ESTEJAM LÁ... E AS UNHAS.... SIM, COITADA! FOI ENTERRADA TÃO BONITA E AGORA... E AGORA NÓS A DESENTERRAREMOS E VEREMOS O SUTIÃ E O VESTIDO PENDURADOS NUM SACO DE OSSOS SIM FOI ISSO QUE ELA VIROU UM SACO DE OSSOS COMO QUALQUER OUTRO SACO DE OSSOS ESQUELETOS PERDEM A IDENTIDADE TALVEZ SE GUARDÁSSEMOS A ARCADA DENTÁRIA... PARA QUÊ BOCAS MORTAS NÃO PRONUNCIAM PALAVRAS AS PALAVRAS FORAM ENTERRADAS COM ELA AGORA ELA QUE JÁ FOI RUIDOSA FEITO O CAPETA VIROU SILÊNCIO E TUMBA

TRILOGIA DO CORPO

A Puta
(ed. Terracota 2014)

O enterro do lobo branco
(ed. Patuá 2017)

A casa das aranhas
(ed. Reformatório / Pinot Noir 2019)

Este livro foi composto em Sabon LT Std
e impresso em papel pólen bold 90 g/m^2,
em outubro de 2019.